Contraste insuffisant
NF Z 43-120-14

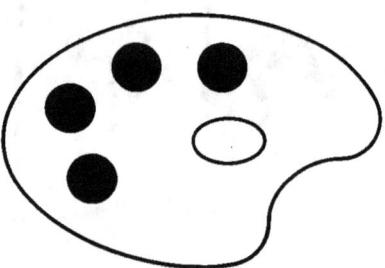

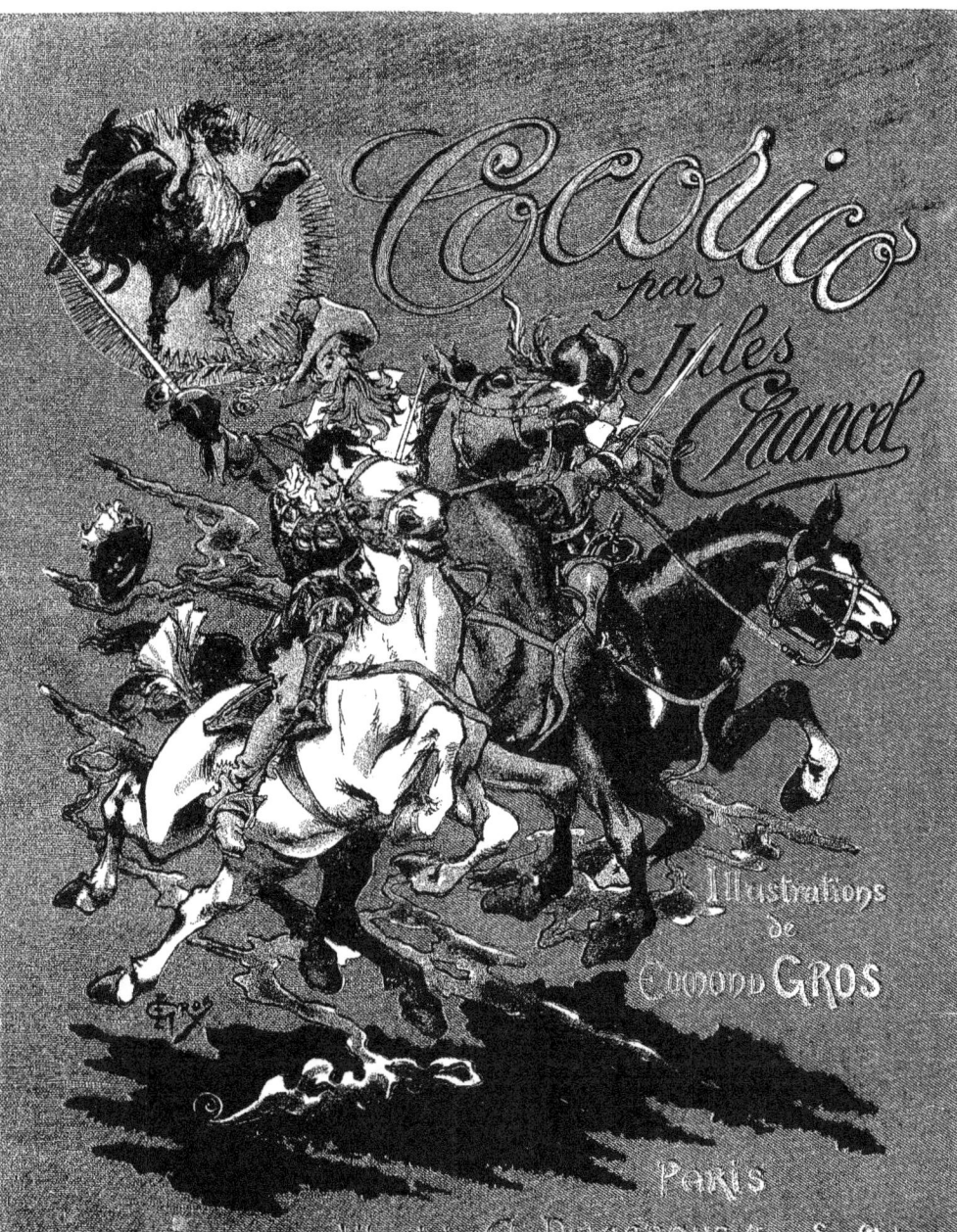

Cocorico

par

Jules Chancel

Illustrations de Edmond GROS

Paris

Librairie Ch. Delagrave 15 rue Soufflot

Fol. Y^2
209

COCORICO

Reitre d'Henri IV

Jules Chancel

COCORICO

Reître d'Henri IV

Illustrations de **Edmond GROS**

Paris, Librairie Ch. DELAGRAVE

15, rue Soufflot, 15

CHAPITRE PREMIER

Au bord du gave. — Le petit chevrier.
Une situation périlleuse.
Curieux sauvetage.

Éparpillées sur les flancs abrupts d'une colline rocheuse, une douzaine de chèvres cherchaient leur provende à travers les buissons d'aubépine et d'arbousiers. Dans l'herbe, à l'ombre d'un noyer, sur le bord d'un gave, dont les eaux claires et bruyantes frangeaient d'écume de gros cailloux roulés, le chevrier somnolait.

C'était un enfant de huit ans, aux cheveux noirs coupés ras, aux traits un peu forts, mais réguliers. Il s'appelait Barthélemy Lempret. Les chèvres commises à sa garde appartenaient à Guillaume Camuche, riche marchand drapier de Pau en Béarn, qui devait sa prospérité commerciale au patronage de Jeanne d'Albret, alors Reine de Navarre.

L'ancien royaume de Navarre était circonscrit par les mêmes limites géographiques, à peu près, que le département actuel des Basses-Pyrénées. Jeanne d'Albret régnait donc sur un bien petit État : mais elle n'en possédait pas moins une Cour à laquelle elle donnait le ton. Honoré de sa clientèle, Camuche vit affluer dans sa boutique l'aristocratie du Béarn. Il réalisa une fortune respectable, se fit construire une belle habitation à la ville, et acheta, près du hameau de l'Arbrerie, à six lieues de Pau, une propriété de rapport.

En 1561, époque à laquelle commence notre récit, une métairie dépendante de ce domaine avait été récemment prise à bail par Baptiste Lempret, père du petit chevrier.

Il était deux heures de l'après-midi : un ardent soleil de juin rayonnait dans un ciel sans nuages. Accablé par la chaleur torride, Barthélemy Lempret entr'ouvrait de temps en temps les yeux pour jeter un regard vague sur son troupeau. Le cri monotone des cigales, le murmure continu des eaux du gave, bourdonnaient à ses oreilles comme une berceuse dont la mélopée allait le faire passer de l'assoupissement au sommeil, lorsqu'un bruit de pierres éboulées le mit brusquement sur pied.

Un cri d'épouvante s'échappa de ses lèvres !

En face de lui, à deux ou trois mètres en contre-bas de la crête de la petite colline, plaqué contre la paroi lisse d'un rocher, un enfant s'accrochait des deux mains à une touffe d'arbousiers, tandis que ses jambes pendaient dans le vide, la saillie calcaire sur laquelle s'appuyaient ses pieds venant de s'effriter sous son poids.

Barthélemy apprécia immédiatement la gravité de la situation. Si l'arbuste cédait, ainsi qu'il n'était que trop à craindre, l'enfant allait tomber d'une hauteur de quatre à cinq pieds sur des cailloux et des fragments de rochers, amoncelés au pied de la colline. Pour le tirer d'affaire, il aurait fallu pouvoir lui jeter d'en haut le bout d'une corde solidement attachée, le long de laquelle il serait descendu sans danger. Malheureusement Barthélemy n'avait pas de corde : d'ailleurs, le sentier qui conduisait sur le plateau était à trois ou quatre cents mètres de là ; il décrivait de nombreux lacets : l'ascension demanderait au moins un bon quart d'heure, et la touffe d'arbousier ne tiendrait certainement pas aussi longtemps. La chute étant inévitable, il fallait tâcher de l'amortir.

Avec une promptitude de décision qui témoignait en faveur de sa vivacité d'esprit, le petit pâtre imagina un expédient aussi original qu'ingénieux. Il rappela ses chèvres, les réunit en groupe compact juste au-dessous de l'enfant, et d'une voix encourageante :

— N'aie pas peur, petit! cria-t-il. Laisse-toi tomber sur les chèvres! Ce sera presque mou!... Tu ne cogneras pas du premier coup sur les pierres, et si tu te fais du mal, tu ne t'en feras guère! Seulement, dépêche-toi! Les chèvres ne se tiendront pas longtemps aussi tranquilles!

— Oui!... Oui! balbutia l'enfant d'une voix haletante. D'ailleurs ça ne tient presque plus!... Ça va s'arracher.

— Eh bien, lâche des deux mains à la fois pour tomber plus droit! reprit Barthélemy.

Sans plus hésiter, l'enfant suivit ce conseil : les chèvres plièrent sous le choc et s'enfuirent avec des bêlements d'épouvante. Barthélemy ne s'en inquiéta pas autrement, certain de les rallier plus tard. Tout son intérêt se concentrait sur le petit garçon qui gisait inanimé, les yeux clos, le front ensanglanté par l'arête tranchante d'un caillou, sur lequel sa tête venait de porter lorsque les chèvres s'étaient dérobées sous lui.

Il paraissait âgé de sept à huit ans : ses traits étaient anguleux et fins, son nez busqué, ses lèvres un peu épaisses. Ses cheveux châtains, bouclés, encadraient son visage bruni, à l'ovale allongé, au menton proéminent ; son costume pauvre, presque minable, se composait d'une veste courte et de culottes en velours noir râpé, serrées à la taille par une ceinture de laine rouge : ses pieds étaient chaussés d'espadrilles en corde tressée.

Agenouillé auprès de lui, Barthélemy le regardait consterné.

— Oh! le pauvre! gémissait-il... Il ne bouge pas!... Pour sûr, il est mort!

Mais l'enfant, simplement étourdi, revint promptement à lui. Ses yeux s'entr'ouvrirent. Il regarda en souriant le petit chevrier, et s'appuyant sur ses deux mains posées à plat, il se releva à demi.

Barthélemy passa sans transition du désespoir à une joie délirante.

— Ah bien!... Tu m'en as fait, une peur! s'écria-t-il. Je croyais que tu t'étais tué sur le coup... Ton front saigne un peu... Mais ça ne sera rien. As-tu mal autre part?

— Non! répondit l'enfant. Mais sans toi j'y restais, bien sûr! Tu as eu une bonne idée, avec tes chèvres en dessous!... Touche-moi la main. On sera amis, dis?

— Oh oui ! répondit avec effusion Barthélemy. Mais dis-moi, pourquoi étais-tu descendu dans les rochers ? Qu'est-ce que tu faisais ?

— Je cherchais des mûres et des fraises, et je ne me méfiais pas que c'était à pic.

— Tu n'es pas du pays ?

L'enfant fit un signe de tête négatif.

— Moi, je suis de l'Arbrerie, un village tout près. Je m'appelle Barthélemy Lempret. Mon père est fermier. Et toi ? qui es-tu ?

L'enfant répondit avec un certain embarras qu'il s'appelait Anselme Piquet. Il était d'un petit pays... par là-bas !... du côté de la montagne, bien loin. Ses parents étant très pauvres, il les avait quittés pour chercher à se placer comme petit berger ou valet de ferme; mais il ne trouvait pas, et depuis la veille au soir, il n'avait rien mangé.

L'enfance est crédule et confiante. Ces explications vagues suffirent à Barthélemy. En apprenant qu'Anselme Piquet était à jeun depuis la veille, il s'apitoya sur des souffrances dont son robuste appétit lui faisait comprendre toute l'intensité.

— Tu dois en avoir, une faim! s'écria-t-il en ouvrant vivement son bissac. Tiens! Prends toujours ça!... Il n'y en a plus beaucoup... C'est le reste de mon goûter, mais ça vaut toujours mieux que rien. Et si tu veux, ce soir tu viendras souper chez nous. Je t'amènerai!

Anselme accepta sans se faire prier le morceau de pain bis et la tranche de lard offerts de si bon cœur, et commença à manger avec une voracité dont le petit chevrier s'émerveilla.

— Va doucement! dit-il en riant. Ne te presse pas! Tu as le temps! mais comme après avoir mangé il faudra que tu boives, je vais aller chercher mes chèvres : je les amènerai ici, et tu auras du bon lait tant que tu en voudras !

Il partit en courant, sans écouter les remerciements d'Anselme Piquet qui continua à dévorer à belles dents son lard jusqu'à la couenne, et son pain jusqu'à la dernière miette. Puis se levant, un peu moulu, mais solide sur ses jambes, il chercha parmi les pierres quelques poignées de mousse sèche qu'il appliqua contre son front. Un saule poussait à quelques pas de là. Il coupa un scion flexible dont il s'entoura la tête, en nouant les extrémités bout à bout pour maintenir son pansement improvisé.

Après quoi il alla puiser de l'eau dans le creux de ses mains réunies, et commençait à boire lorsqu'un homme de haute stature apparut, longeant le gave et menant en bride un vigoureux cheval, chargé de deux sacoches et d'un gros ballot.

CHAPITRE II

Le disciple d'Ambroise Paré
et de Blaise de Montluc.

Anselme Piquet trouve une belle position.

Où faut-il prendre le chemin de traverse qui conduit à l'Arbrerie ? demanda-t-il d'une voix sonore et bien timbrée.

— Je ne sais pas, répondit le petit Anselme. Je ne suis pas d'ici.

L'homme s'arrêta, explora un instant du regard, puis, n'apercevant pas le sentier qu'il cherchait, il jeta la bride sur le cou de son cheval et s'avança vers Anselme. Mais lorsqu'il se fut assez rapproché de l'enfant pour bien distinguer ses traits, il s'arrêta brusquement, en proie à une stupeur profonde.

— Sabres et piques! murmura-t-il entre ses dents. Ai-je ou non la berlue? Cornebleu! Nous allons bien voir!

Composant son visage, dissimulant sa surprise, il rejoignit l'enfant.

Il paraissait âgé de trente à trente-cinq ans. Sa figure osseuse, balafrée en plusieurs endroits, ses moustaches épaisses, sa barbe rousse, démesurément longue, ses yeux caves profondément enfoncés dans l'orbite, auraient certainement épouvanté Anselme, si l'expression de son regard loyal et bienveillant n'avait atténué l'ensemble farouche de sa physionomie.

Son allure, sa démarche, la coupe de ses vêtements avaient quelque chose de militaire. Le plastron de fer que les Corselets portaient en campagne avait imprimé ses contours sur sa veste de peau sans manches.

— Bonjour, mon jeune ami! dit-il gaiement. Qu'est-ce donc que cette couronne champêtre, dont nous avons orné notre front?

— Je suis tombé sur une pierre pointue, répondit Anselme, et comme ça saigne un peu, j'ai mis cette herbe pour arrêter le sang.

— Ah! ah! fit le nouveau venu sur un ton d'emphase doctorale. Hémorragie!... *Hémorragia!...* Connu! Voyons un peu, mon petit homme?

Avec une légèreté et une dextérité dont on n'aurait pas cru ses gros doigts velus susceptibles, il dénoua le scion, enleva le paquet de mousse, et après avoir jeté un coup d'œil sur la coupure:

— Estafilade! Estafilade simple! *simplex!* dit-il dogmatiquement. La mousse est bonne, quand on n'a pas autre chose. L'herbe aussi. C'est avec de l'herbe que j'ai d'abord tamponné ça... un coup de pique à la bataille de Cerisoles, continua-t-il en montrant une cicatrice sur sa joue gauche, un peu au-dessous de l'œil. Mais il y a mieux!...

Bombardier!

A cette appellation belliqueuse, le cheval, qui broutait de jeunes pousses de saule, releva la tête et s'approcha à petits pas. L'inconnu ouvrit une des sacoches, sans la décharger, et en tira une boîte en bois noir à casiers, contenant de petites fioles, des bandes de linge fin et de taffetas roulées, des ciseaux courbes, des pinces, des lancettes, et autres instruments de chirurgie *ministrante,* ainsi qu'on appelait alors la petite chirurgie. Il découpa un morceau de

taffetas et l'appliquait sur le front d'Anselme, lorsque Barthélemy revint, poussant devant lui son petit troupeau.

— Qu'est-ce que c'est que cet enfant? demanda l'homme.

Anselme répondit à cette question en expliquant, avec toute l'effusion d'un cœur reconnaissant, comment il était entré en relations avec le petit pâtre qui se montrait si secourable pour lui. L'expédient du troupeau de chèvres transformé en matelas divertit beaucoup le nouveau venu.

— A la bonne heure! fit-il en riant et en tapotant amicalement les joues de Barthélemy. Bon cœur et bonne tête! J'aime ça, moi!

Barthélemy, très flatté, alla chercher dans son bissac une écuelle, et la remplit d'un lait écumeux qu'Anselme but avec avidité.

— Tu peux redoubler la dose, mon camarade! dit l'inconnu. *Laetus...* est éminemment favorable aux esprits vitaux pour la tonification des aponévroses et autres muqueuses du derme!

Pompeusement débitée, cette phrase, dans laquelle s'enchevêtraient burlesquement des mots à prétention scientifique, impressionna les deux enfants.

— Est-ce que vous êtes un mire, messire? demanda respectueusement Barthélemy.

— Oui, mon ami! Je suis un mire!... Médecin et chirurgien! ... Et je ne suis pas que cela! Je suis aussi un soldat... Elève de messire Blaise de Montluc pour l'art de la guerre, et de maître Ambroise Paré, le Prince des mires, pour l'art de guérir! Je suis Nicolas Frezol, également expert dans la manœuvre de l'épée, de la pique, de l'arquebuse, de la coulevrine, et dans celle de la lancette et du bistouri... Nicolas Frezol, aussi capable de porter les plus rudes estocades que de les guérir! Et maintenant que je me suis fait connaître, à votre tour, mes compagnons! Parlez! J'écoute.

La tête penchée sur son écuelle, buvant son lait à petites gorgées, Anselme laissa à Barthélemy le soin de porter la parole.

Le petit chevrier donna sur lui-même les détails que nous connaissons déjà, et répéta ceux qu'Anselme lui avait appris sur son propre compte. Nicolas Frezol écouta, sans manifester la moindre incrédulité.

— Sabres et piques ! s'écria-t-il d'un air enchanté. Mais voilà qui tombe à merveille. Tu cherches une place, petit Anselme ? Eh bien, si tu ne crains pas de courir le monde, d'aller très loin, de t'expatrier, de passer les mers, je t'en offre une, moi !... Immédiatement !... sur l'heure ! J'ai quitté le service, et je gagne actuellement ma vie en allant de ville en ville, de village en village, instruire, divertir et guérir ! Je prodigue mes soins à ceux qui ont l'heureuse inspiration de me les de-

mander !... J'exé-
cute de merveil-
leux tours de ma-
gie, que seul au monde je suis en état d'accom-
plir ! Je narre aux gens curieux d'estocades, de combats, de grandes chevauchées, mes souvenirs de Cerisoles, de Metz, de Renty, de Calais, et tant d'autres lieux ! Or, j'aurais besoin d'un compagnon qui me précéderait et annoncerait ma venue. Je le traiterais comme mon propre fils ! Voyons ! Veux-tu marcher sous ma cornette, mon gentil petit page ?

— Oh oui ! Oui, maître Nicolas ! répondit Anselme enchanté. Oui ! De tout mon cœur !

— Eh bien ! tope là ! Maintenant, mon Barthélemy, fais-moi le plaisir de me conduire à l'Arbrerie, où je voudrais souper et coucher ce soir. Ton brave homme de père consentira bien, je pense, à m'offrir une hospitalité que je reconnaîtrai convenablement ?

Barthélemy répondit que le logis paternel était modeste, mais que si maître Frezol s'en contentait, on serait charmé de l'y recevoir. Maître Frezol assura qu'un vieux Reître comme lui savait se contenter de peu. Puis, après avoir refermé sa sacoche, il prit Anselme dans ses bras, l'assit sur la selle de Bombardier et donna le signal du départ. Lorsqu'on eut rejoint le sentier battu, il chargea Barthélemy de conduire le cheval par la bride.

Les chèvres avaient pris les devants, pressées de regagner l'étable. Bombardier et les deux enfants suivaient. Nicolas Frezol fermait la marche.

— Plaies de Dieu ! Quelle aventure ! murmura-t-il. C'est lui ! Il n'y a plus à douter. Tâchons maintenant de ne pas l'effaroucher.

CHAPITRE III

L'odyssée de maître Frezol :
marin, acrobate, soldat et savant.
La ferme de l'Arbrerie.

Qu'était en réalité le prétendu disciple de Blaise de Montluc et d'Ambroise Paré? Nous allons le dire en quelques mots.

Fils d'un pauvre paysan Cévenol, il n'avait que six ans lorsqu'il perdit successivement son père et sa mère. Recueilli à contre-cœur par un oncle avare et brutal, il eut une rude jeunesse, constamment employé aux plus pénibles travaux des champs, recevant force horions, dormant peu, et ne mangeant guère à sa faim que lorsque ses expéditions de maraude ou de braconnage étaient couronnées de succès. A treize ans, las d'une existence aussi complètement dénuée de charme, il s'échappa, réussit à faire perdre sa trace et arriva à Marseille. Très grand pour son âge, souple, vigoureux, endurci aux fatigues, il trouva facilement à s'embarquer comme mousse à bord d'une tartane qui faisait le cabotage sur les côtes d'Espagne et d'Italie.

Les fortes émotions de la vie de marin plurent à sa nature aventureuse. Mais il aimait le changement, et certain jour, à Messine, où la tartane avait relâché, il se découvrit une vocation nouvelle en assistant aux exercices d'une troupe d'équilibristes, de bateleurs et d'écuyers. Ce spectacle l'émerveilla! Il sollicita son admission dans l'honorable compagnie; et comme il ne deman-

3

dait pour tout salaire que la nourriture et l'initiation aux pratiques du métier, sa requête fut favorablement accueillie.

Pendant trois ans, il parcourut l'Italie, la France et l'Allemagne avec ces nouveaux compagnons. L'apprentissage fut dur, mais l'élève avait le goût du métier, et possédait certaines aptitudes spéciales, véritablement extraordinaires, qu'on ne tardera pas à connaître. La rencontre fortuite d'une cornette de Reîtres français dans le duché de Milan, en 1542, le fit renoncer aux brillantes perspectives d'avenir que la profession de bateleur ouvrait devant lui. Séduit par l'uniforme, il résolut d'embrasser la carrière des armes et s'enrôla comme joueur d'attabales, sorte de timbales de cavalerie, d'origine mauresque, au son desquelles marchaient les Reîtres et les Pistoliers. Son stage de musicien fut court. A dix-sept ans, il revêtit l'armure de fer plein, vernie en noir, ceignit la longue épée et coiffa le cabasset à bords abaissés, sans crête, visière ni gorgerin. Monté sur un petit cheval d'ordonnance sans barbes, ni caparaçons, il avait vraiment bonne mine... et ne l'ignorait pas ! Vaniteux, hâbleur, mais franc, loyal, intrépide, il se distingua en maints combats et reçut plusieurs blessures pendant les guerres du Milanais.

En embrassant l'état militaire, il avait bien trouvé sa voie ; mais toujours amoureux du changement, et jaloux de posséder toutes les spécialités du métier des armes, il quitta l'armure et l'épée du Reître pour les manches et les gants de mailles, la masse et l'arquebuse légère de l'Argoulet. A dix-neuf ans, autre avatar ! Passé de la cavalerie aux gens de pied, il figurait au premier rang des Piquiers de Montluc à Cerisoles. L'année suivante, un nouveau penchant le porta irrésistiblement vers les Bombardiers. Puis il fut Arquebusier, et revenu, en fin de compte, à l'arme pour laquelle il se sentait le plus de sympathie, il prit part en qualité de Reître à la défense héroïque de Metz contre Charles-Quint, en 1552. Blessé à la jambe gauche par une balle de fauconneau au commencement du siège, il resta longtemps boiteux après cicatrisation de la plaie. On le garda à l'ambulance où il pouvait, malgré sa claudication, rendre quelques services en aidant les infirmiers. Il vit Ambroise Paré disputer et arracher à la mort une foule de blessés et de malades ; il assista aux opérations de l'illustre chirurgien. Émerveillé, enthousiasmé, il ne rêva plus que médecine et chirurgie, observa, questionna, apprit à faire des pansements, grava dans sa mémoire le nom et les propriétés thérapeu- tiques de quelques médicaments, et retint, vaille que vaille, quelques termes techniques qu'il plaçait à tort et à travers.

En Flandre et en Artois, où il servit encore après Metz, il commença à s'exercer sur quelques camarades auxquels il inspira confiance par son jargon et son aplomb. Comme il s'en tenait prudemment aux indispositions ou aux blessures anodines, imaginant toujours un prétexte pour se récuser dans les cas sérieux, s'il ne fit pas grand bien, il ne fit pas grand mal, et la pratique aidant, il acquit à la longue une certaine précision de diagnostic et une assez grande dextérité de main.

Licencié après la paix de 1557 avec l'Espagne, il eut l'idée de tirer parti des connaissances variées qu'il avait su acquérir au cours de son existence aventureuse, et, comme il venait de le dire à Barthélemy et à Anselme, main- tenant il allait de ville en ville, de village en village, gagnant largement sa vie grâce à sa faconde, à son adresse de prestidigitateur et à ses talents de rebou- teur.

Le sentier indiqué par Barthélemy serpentait sur le flanc d'une colline, du sommet de laquelle on ne tarda pas à apercevoir, dans un bas-fond ver- doyant, une chaumière longue et basse, flanquée de deux grands hangars et précédée par une vaste cour.

— C'est là chez nous! dit Barthélemy. Dans un quart d'heure, nous allons y être.

— Est-ce que nous n'y serions pas beaucoup plus tôt en descendant par cette prairie en pente? demanda Frezol.

— Si! répondit Barthélemy. Seulement, en bas il y a un grand ruisseau avec des bords tout droits, et rien qu'une planche pour le traverser. Le cheval ne passerait pas.

— Eh bien, mes amis, suivez le chemin avec Bombardier, reprit Frezol. Moi, je vais vous précéder, et je m'entendrai avec le père Lempret.

Il dévala à grandes enjambées. Les deux enfants le suivirent un instant du regard; puis ils se remirent en marche. Barthélemy causait avec beaucoup d'entrain; Anselme lui donnait la réplique; mais un interlocuteur plus perspicace que le petit pâtre aurait certainement remarqué la préoccupation à laquelle il était visiblement en proie.

Lorsqu'ils arrivèrent à la ferme, Frezol et le père Lempret les attendaient sur la porte de la chaumière.

— Eh bien! qu'en dites-vous? demanda à voix basse le Reître, pendant qu'ils traversaient la cour.

— C'est lui!... C'est bien lui! répondit le fermier abasourdi. Je le reconnais très bien.

— Bon! mais il ne faut pas qu'il s'en doute! reprit Frezol. N'écarquillez donc pas ainsi les yeux, mon compère. Aidez-moi à jouer ma petite comédie, ainsi que nous en sommes convenus, et tout ira bien!

Barthélemy présenta Anselme à son père, à sa mère et à ses deux sœurs, un peu plus jeunes que lui. Il commençait à raconter la chute de son nouveau camarade; mais Frezol l'arrêta aux premiers mots.

— J'ai déjà mis ton père et ta mère au courant, mon gros, dit-il. Nous recauserons de tout cela plus tard. Maintenant, il s'agit de souper. J'ai fait une rude étape aujourd'hui, et mes dents sont longues! Ma commère, continua-t-il en s'adressant à la femme du fermier, il y a dans mon bissac un quartier de venaison, auquel je n'ai pas encore fait forte brèche. Renforcez-nous ce plat de résistance d'une énorme omelette, de beaucoup de très grosses tranches de lard frit, et de toute autre confiserie de table que vous pouvez avoir sous la main. Quant au liquide, ne vous en préoccupez pas! Mon outre est encore pleine d'un certain vin de Jurançon!... Un vrai nectar. Allons! A la besogne, ma belle! Feu clair, et poêle chaude! Moi, je vais panser mon cheval en attendant.

CHAPITRE IV

Cocorico.
Maître Frezol passe pour un hâbleur.

UNE demi-heure après, on se mit à table, et chacun fit honneur au repas, très
    égayé par la verve de Frezol, par les tours de passe-passe qu'il exécutait,
escamotant les verres, faisant passer les morceaux de pain à travers la table,
cherchant son couteau disparu et le retrouvant dans la poche d'Anselme ou de
Barthélemy. Il émerveillait les convives par le récit de ses cures et de ses opérations. A l'entendre, on pouvait croire qu'il était bien plus le maître que le
disciple d'Ambroise Paré. De même, dans ses récits de guerre, c'était toujours
à son instigation, d'après ses avis, sur ses conseils qu'avaient été remportées les
plus éclatantes victoires.

Tous l'écoutaient bouche bée, sans songer le moins du monde à révoquer en doute ses assertions. Cependant, un épisode de ses navigations méditerranéennes fut accueilli avec une incrédulité manifeste. Il s'agissait d'une felouque barbaresque, capturée après un terrible combat, à bord de laquelle il avait trouvé un merveilleux coq en bois, sorcier et doué de la parole.

— Oh! oh! compère soldat! dit Lempret au milieu de l'hilarité générale. Un coq qui parle!... Non! non! Ce n'est pas possible!... Vous vous gaussez de nous!

— Moi? protesta le Reître froissé. Non certes! Ce que je vous dis est vrai!... absolument vrai! Ce coq, Cocorico — il s'appelle Cocorico — ce coq appartenait à un enchanteur turc, Ali Calamoustafaya, qui me le donna en échange de la vie sauve. Il parle!... admirablement, distinctement, et ne dit jamais que des choses très sensées. Pour vous le prouver, je vais vous le montrer d'abord, et vous le faire entendre ensuite!

En présence d'une affirmation aussi péremptoire, les rires cessèrent brusquement. Tous les visages exprimèrent une ardente curiosité, mêlée d'un vague effroi : tous les regards suivirent Frezol, qui s'était levé pour ouvrir une de ses sacoches déposée sur une chaise.

Il en tira un petit coq en bois blanc, qu'il prit entre le pouce et l'index de sa main droite. Puis élevant le bras :

— Voilà messire Cocorico que j'ai l'honneur de vous présenter, dit-il avec emphase. Voilà ce merveilleux volatile plein de subtilité et de sagesse! Il ne prédit pas l'avenir : mais dans le présent, il sait tout! Et ce n'est pas à lui qu'il faudrait essayer de raconter des mensonges. Ce serait terriblement dangereux, je vous en préviens! En sa qualité de coq sorcier, il pourrait bien jeter un sort à celui qui essayerait de le tromper!

Le petit Anselme pâlit : une expression de vive angoisse se répandit sur son visage. Barthélemy et ses deux sœurs, Giselle et Nicole, passionnément intéressés, ne perdaient pas de vue le coq en bois, que Frezol plaça sur le manteau de la cheminée.

— Je le mets là, dit-il en venant reprendre sa place à table, parce qu'il n'aime pas qu'on soit trop près de lui quand il parle. Maintenant, attention! Vous allez voir!

Et s'adressant au coq :

— Cocorico, mon ami, comment vous portez-vous ce soir ? demanda-t-il.

Cette affectueuse question n'ayant provoqué aucune réponse du coq, le Reitre la répéta, avec un peu d'impatience.

Même mutisme de Cocorico. Les rires des convives reprirent de plus belle : Anselme eut un soupir de soulagement, ses traits crispés se détendirent.

— Ah ! maître Frezol ! maître Frezol ! fit le père Lempret, secoué par les éclats d'une hilarité convulsive. Quel farceur vous faites ! Ah ! vous m'aviez bien attrapé. J'ai cru un instant que c'était vrai !

— Mais c'est vrai, sabres et piques ! s'écria Frezol furieux. Je vous dis qu'il parle ! seulement, il a des caprices ! Je suis sûr que ce soir il ne parle pas parce qu'il préférerait chanter. — Eh bien, Cocorico, mon garçon, chantez si vous aimez mieux... Chantez ce que vous voudrez... N'importe quoi... La chanson de Montluc à Cerisoles, par exemple. Voulez-vous que je commence, pour vous mettre en train ?

De sa voix de basse-taille, il entonna le couplet suivant :

« Le morion en tête, au poing l'esponton,
A ses gens de pied rangés en bataille
Blaise de Montluc disait : « Compagnons,
Pour faire aujourd'hui besogne qui vaille,
Mes Piquiers, mes Arquebusiers,
Je vais vous entremêler ! »

En admettant que Cocorico fût réellement doué du don de la parole, il ne comptait évidemment pas en fournir la preuve ce jour-là, car il persista dans son mutisme.

Anselme, tout à fait rassuré, riait encore plus fort que Barthélemy.

Frezol avait l'air extrêmement vexé.

— Cocorico, mon ami, reprit-il d'un ton suppliant, chantez le second couplet, je vous en prie !... Pour me faire plaisir ?... Le second couplet... vous savez bien ?... Celui où il est dit que le Marquis de Guasto, aussi avisé que M. de Montluc, avait mis lui aussi des Arquebusiers avec ses Piquiers du premier rang,

4

de telle sorte que lorsque nous en vînmes aux mains, il y eut autant de têtes cassées d'un côté que de l'autre par les arquebusades ! Voyons ! il est très joli, ce couplet, et vous le chantez très bien ! Comment ! Dagues et coutelas ! Vous persistez à vous taire ? Cocorico, c'est très mal, ce que vous faites là ! Quelle idée notre hôte va-t-il avoir de moi ? Il croira que je reconnais son hospitalité en me moquant de lui ! Cocorico, je vous croyais mon ami ! je constate avec douleur que je me trompais.

CHAPITRE V

Le Coq merveilleux. — Le véritable nom d'Anselme Piquet. — Le Coq en fureur.
— Utilité des verges.

O prodige! A peine Frezol venait-il de prononcer ces mots, que le Coq parla!

Il parla, arrêtant soudain les bruyants éclats de gaîté de l'auditoire.

Il conserva sa rigide immobilité de coq en bois! On ne vit pas son bec s'entr'ouvrir : mais on entendit sa voix, une voix aigre et claire, proférer distinctement ces mots:

— Je suis toujours ton ami, brave et savant Frezol! Et si je ne parle ni ne chante, c'est que je suis furieux de voir qu'on se gausse de mon ami!

Des cris d'épouvante accueillirent ces paroles. Tout le monde s'était levé. Les petites Lempret nouèrent leurs bras autour du cou de leur mère, et cachèrent leurs visages contre sa poitrine. Barthélemy étreignait convulsivement le bras de son père. Anselme tremblait de tous ses membres et fixait sur le Coq un regard terrifié; Frezol appuya sa main sur l'épaule de l'enfant, et d'une voix encourageante :

— N'aie pas peur, mon mignon! dit-il affectueusement. Et vous non plus, mes braves gens! Je ne vous trompais pas, vous le voyez! Cocorico parle. Mais il n'est redoutable que pour les méchants et les menteurs. — Et s'adressant au Coq : — Je ne vous ai pas très bien compris, ami Cocorico, continua-t-il. Je vous assure que personne ici ne se gausse de moi... Vous vous trompez.

— Je ne me trompe jamais! reprit le Coq. Quelqu'un te berne ici, te dis-je!

— Quelqu'un, pistolets et hallebardes! fit le Reître en fronçant les sourcils. Et qui donc?

— Un mauvais garçon! répondit le Coq d'un ton menaçant. Un menteur qui prend le nom d'Anselme Piquet, alors qu'il s'appelle en réalité Henri de Bourbon, Prince de Navarre!

La famille Lempret fut si profondément stupéfaite par cette révélation du Coq, qu'elle en oublia son épouvante.

Les deux fillettes se dégagèrent du giron maternel pour contempler le fils de Jeanne d'Albret. Barthélemy ouvrit démesurément la bouche sans articuler aucun son. La mère Lempret éleva ses mains jointes au-dessus de sa tête. Son mari et Frezol échangèrent un sourire, et s'inclinèrent devant l'enfant qui devait être Henri IV.

Quant au Coq, satisfait sans doute de l'effet qu'il venait de produire, il se confina dans un mutisme qui ne devait pas être de longue durée.

— Monseigneur!... Est-ce possible? disait Frezol. Comment! Votre Altesse m'a laissé croire... Et, plaies de Dieu!... j'ai osé vous proposer d'être... mon... mon petit valet! Vous! Vous, le fils d'Antoine de Bourbon et de la Reine de Navarre!

— Non!... Non!... Ce n'est pas vrai! balbutia l'enfant... en sanglotant... Il se trompe, le Coq!... Il ne sait pas!... Je ne suis pas... celui... celui qu'il dit!

— Par la barbe de Monseigneur Satanas! s'écria la voix furieuse du Coq. Comment! Comment, méchant petit Prince! Un démenti à moi? A Cocorico? Ah! Têtebleu!... Cornebleu! Ventrebleu! Tu me le paieras! Je vais te jeter un sort d'oreilles d'araignée et de pieds de couleuvre!... Oui! Tu auras désormais

des pieds de couleuvre et des oreilles d'araignée!... Parafa, oreillarum, pedi-
bus, arai...

   — Je vous en supplie, Cocorico! N'achevez pas la formule magique!
interrompit Frezol avec une épouvante admirablement jouée. Pardonnez à

Monseigneur! Faites-lui grâce! Songez au désespoir de la Reine, si elle retrou-
vait son fils avec des oreilles d'araignée et des pieds de couleuvre!

   — Je veux bien pardonner pour t'être agréable, ami Frezol, répondit le
Coq. Mais à la condition que le Prince de Navarre va nous dire pourquoi il s'est
échappé comme un petit malandrin!... Je le sais, moi qui sais tout! Je le sais
parfaitement bien! Mais je veux que vous l'appreniez par lui-même, vous
autres! Petit Henriot, je vais t'interroger. Réponds-moi franchement! Sinon,
j'achève la formule magique, et alors gare aux pieds de couleuvre! Voyons!

Approche-toi un peu!... Pas trop!... Là!... Très bien!... Pourquoi t'es-tu
échappé du Château de Pau?

— Parce que... je... je... Parce que... Maman... veut... veut me conduire
à... à... à Paris, pour me mettre... au... au Collège de Navarre, sanglota l'enfant
désolé et terrorisé. Et parce que... j'aime... j'aime mieux me faire... paysan...
berger... valet... et même être bœuf ou mouton chez nous... que d'aller à ce
collège... où on fouette les enfants... avec de grosses... grosses verges... beaucoup, et très fort!

Le Coq eut un éclat de rire moqueur.

— Je voulais voir si tu dirais la vérité, que je savais, mon petit Prince,
reprit-il. Tu l'as dite! C'est très bien. Mais, hache et dague! pourquoi cette
peur terrible des fessées? Ah çà! tu es donc une poule mouillée? Un homme
ne doit rien craindre! Un homme doit savoir supporter le mal sans pleurer et
sans geindre! Les verges!... Les verges! Voilà-t-il pas une belle affaire!...
On s'y fait comme à autre chose, parbleu! Tiens! moi! quand j'étais petit...
petit poussin, s'entend... tout petit poussin, on fouettait ferme! Je ne m'en
trouve pas plus mal, je t'assure!

Le père Lempret eut un gros rire qui trouva de l'écho, car on commençait à se rassurer et chacun écoutait le Coq avec beaucoup plus d'admiration
que d'effroi. Henri de Navarre lui-même ne put s'empêcher de sourire à travers ses larmes, l'idée d'un poussin fouetté lui paraissant tout à fait diver-
tissante.

Cocorico reprit la parole sur un ton radouci; il fit observer que lorsqu'on
craignait par trop les verges, rien n'était plus simple que de les éviter en se
montrant très sage, très obéissant et très appliqué à ses leçons. Ce qu'il était
malheureusement impossible d'éviter, c'était la correction sévère qui attendait
le Prince, à Pau, où on allait le reconduire incontinent. Mais qu'y faire? Quand
on avait commis une faute, il fallait bien se résigner à l'expier.

CHAPITRE VI

Le Château de Pau. — La Reine de Navarre. — Clémence du Coq. —
Frezol et Barthélemy changent d'état.

Henri ne paraissait pas très enclin à la résignation. Cependant, son intelligence aussi vive que précoce lui fit comprendre qu'il ne pouvait pas se tirer, quitte et net, de la situation fâcheuse dans laquelle il s'était placé.

Élevé à la dure, en vrai montagnard, courant par monts et par vaux avec les petits paysans dont il partageait les jeux, vêtu comme eux, vivant de leur vie, épris de liberté, d'activité et de grand air, il n'avait pu se faire à l'idée d'entrer à ce fameux Collège de Navarre, dont il connaissait par ouï-dire la rude et sévère discipline.

Son imagination ardente lui avait suggéré un coup de tête aussi promptement exécuté que conçu.

Mais il sentait bien, maintenant, que le retour au bercail était l'unique solution possible de la fausse situation dans laquelle il se trouvait.

D'ailleurs, le terrible Coq exprima sa volonté sur ce point, en termes qui ne permettaient pas de la discuter.

— Si le Prince de Navarre reste encore une demi-heure ici, dit-il d'une

voix impérieuse et sévère, si on ne s'occupe pas immédiatement de le ramener
à la Reine, je vais jeter un sort de têtes de moutons à toutes les personnes ici
présentes!... Grandes ou petites, sans exception!

— Partons!... Partons tout de suite, Cocorico! dit vivement Frezol, au
milieu de l'épouvante générale. Seulement, mon cher ami, si vous vouliez
me faire un grand plaisir, quand nous aurons l'honneur d'être reçus par Sa
Majesté, vous intercéderiez auprès d'elle pour obtenir le pardon
de Monseigneur. A un Coq parlant et sorcier comme vous,
peut-être accorderait-t-elle cette faveur?

— Elle l'accorderait certainement, répondit le Coq avec
suffisance. Mais vous comprenez que je ne puis pas demander la grâce du Prince, sans être bien sûr de son
repentir.

— Je me repens! Vous pouvez le croire, messire
Cocorico! s'écria Henri dont les sanglots
redoublèrent. Je me repens! Je ne le ferai
plus!... J'irai au Collège de Navarre!... Je
serai sage!... Et je vous assure que les
régents seront contents de moi!

— Hum! hum! fit le Coq! Est-ce bien
sûr, au moins, petit Henriot? Je t'en préviens! Si je réponds de toi et que tu trompes
ma confiance, ce sera un sort de nez de rat et de langue d'éléphant!

Henri jura de ne jamais encourir cet épouvantable châtiment. Frezol,
Lempret et Barthélemy lui-même, tout à fait rassurés maintenant et pleins de
sympathie pour ce Coq, un peu bourru, mais bon enfant, joignirent leurs
prières à celles du Prince. Cocorico se laissa toucher et promit de solliciter
auprès de Jeanne d'Albret la grâce de son fils coupable mais repentant.

Il était tard, et l'on avait près de six lieues de pays à faire. Aussi résolut-
on de partir immédiatement, afin d'arriver à Pau à l'aube. Henri voulut absolument embrasser la mère Lempret et ses deux filles, confuses de tant d'honneur.
S'il ne prit pas aussi affectueusement congé de Barthélemy et de son père,

c'était par l'excellente raison que ceux-ci partaient avec lui, le Coq jugeant convenable de présenter à la Reine le petit pâtre qui avait empêché son fils de se casser le cou, et le bon paysan qui l'avait hébergé.

Bombardier et le cheval de Lempret furent bientôt sellés. Cocorico souhaita le bonsoir à tout le monde et pria Frezol de le réintégrer dans la

sacoche, où il allait dormir comme une souche jusqu'à Pau. Le Reître accéda à ce désir : après quoi les deux hommes enfourchèrent leurs montures, prirent les deux enfants en croupe et partirent au grand trot.

À leur arrivée, ils trouvèrent tout le monde sur pied au Château. Personne ne s'était couché. Jeanne d'Albret se désespérait. On cherchait Henri de tous côtés. Mais le petit Prince avait si bien embrouillé ses voies, qu'on ne trouvait aucun indice susceptible de mettre sur ses traces. Aussi fit-on grand et cordial accueil aux deux hommes qui le ramenaient sain et sauf.

La Reine, toute à la joie de retrouver son fils, ne songea pas immédiatement à la correction que méritait son incartade. D'ailleurs Frezol ne lui en laissa pas le temps. Il demanda respectueusement l'autorisation de faire à Sa

5

Majesté une communication confidentielle. Jeanne d'Albret supposa qu'il allait être question d'un détail qu'il convenait de ne pas ébruiter, et comme Henri était tout en loques, elle prescrivit à une de ses femmes d'aller lui faire changer de vêtements et congédia toutes les autres personnes qui se trouvaient dans la pièce. Barthélemy fut invité à suivre le Prince Henri de Navarre.

Frezol et Lempret restèrent seuls avec la Reine, à laquelle le Reître fit connaître son merveilleux talent de ventriloque et l'usage qu'il en avait fait pour décider le petit fugitif à rentrer au logis.

Jeanne d'Albret était une femme d'une intelligence supérieure. Il ne lui fallut pas longtemps pour juger Frezol à sa valeur. Aux questions qu'elle lui adressa, il répondit de façon à lui prouver qu'elle avait devant elle un homme de cœur, sur le dévouement duquel on pouvait faire fond.

Elle se rendit également compte de la salutaire influence que le Coq parlant pourrait exercer sur son fils et résolut de l'attacher à son service. Comme Cocorico et Frezol ne marchaient naturellement pas l'un sans l'autre, le Reître fut investi séance tenante de la mission d'initier le futur Roi de Navarre aux premières notions du maniements des différentes armes, que les jeunes gentilshommes commençaient à apprendre, à cette époque, dès l'âge le plus tendre.

Il fut également chargé de dégrossir et de former Barthélemy, destiné à devenir un jour l'écuyer d'Henri.

Le père Lempret repartit pour l'Arbrerie, généreusement récompensé et comblé de cadeaux pour sa femme et pour ses fillettes. Comme il importait de conserver tout son prestige à Cocorico, Henri ne fut pas châtié en raison de son escapade. Mais la Reine ne lui cacha pas que, sans la chaleureuse intervention du sage et merveilleux Coq, elle ne se serait pas montrée aussi clémente.

CHAPITRE VII

L'éducation d'un Prince. — L'éducation d'un soldat. — Les maximes
du sage Frezol.

Trois semaines après, Henri de Navarre et sa mère partaient pour Paris avec Frezol et Barthélemy.

Henri entra au Collège de Navarre, qui s'élevait sur l'emplacement qu'occupe aujourd'hui l'Ecole polytechnique.

Grâce à la crainte salutaire que lui inspirait le Coq, il travailla convenablement, et devint assez bon élève. Les historiens parlent de sa force en grec et en latin. Ils ajoutent cependant qu'il ne fut jamais grand clerc en orthographe, et qu'il écrivait comme un chat.

Il est probable qu'il s'efforça de se bien conduire, ainsi qu'il l'avait solennellement promis au Coq : mais il est certain qu'il n'évita pas les verges. Il fut fouetté... fort fouetté!

Pas de doute sur ce point, précisé par lui-même dans la lettre ci-dessous, qu'il écrivait quarante-cinq ans plus tard à Madame de Montglat, gouvernante du Dauphin.

« Je me plains de vous, de ce que vous ne m'avés pas mandé que vous « aviés fouetté mon fils : car je veulx et vous commande de le fouetter toutes

« les fois qu'il fera l'opiniastre ou quelque chose de mal, saichant bien par
« moi-même qu'il n'y a rien au monde qui luy face plus de profict que cela.
« Ce que je recognois par expérience m'avoir profité : car estant de son
« aage, j'ay esté fort fouetté. C'est pourquoy je veulx que vous le faciés, et
« que vous lui faciés entendre. » (1)

Le futur vainqueur de Coutras, d'Arques, d'Ivry et de Fontaine-Française
reçut donc souvent les étrivières.

Chaque exécution était précédée d'une mercuriale du Coq, auquel Jeanne
d'Albret semblait avoir dévolu une partie de son autorité maternelle. Henri
comparaissait devant ce volatile juste mais sévère, qui écoutait sa défense et
ses explications, en tenait rarement compte, et fixait en dernier ressort le
nombre de cinglées à recevoir.

De même qu'il infligeait les blâmes et les châtiments, de même il distri-
buait les éloges et les récompenses, largement, généreusement. Aussi était-il
à la fois très aimé et très redouté par Henri, vis-à-vis duquel il conserva tou-

(1) Lettres missives de Henri JV.

jours son franc-parler, se dispensant de toute forme respectueuse de langage, usant du tutoiement et des appellations les plus familières, semonçant vertement, brutalement même, établissant enfin, par sa manière d'être, que s'il y avait inégalité de rang entre un Prince et un Coq sorcier, ce n'était pas au Prince qu'appartenait la prééminence.

Frezol, toujours présent aux admonestations, obtenait souvent une diminution de peine, en considération des progrès rapides d'Henri dans les diverses spécialités auxquelles il avait mission de l'initier. Car il faut le dire : si au point de vue des études pédagogiques le Prince de Navarre laissait parfois à désirer, il n'en était pas de même en matière d'enseignement militaire.

Il émerveillait Frezol par son audace, son agilité dans tous les exercices du corps et son adresse dans l'usage de toutes les armes, damant le pion à Barthélemy, compagnon de ses jeux et de ses leçons d'équitation, d'escrime, de maniement de l'épée, de la pique ou de l'arquebuse. Barthélemy accompagnait bien matin et soir son jeune maître au Collège de Navarre : mais il restait à la porte, sans éprouver la moindre envie d'en franchir le seuil !

Son éducation intellectuelle et morale se faisait par les soins de Frezol, qui le formait à la pratique de la vie d'une façon très originale. Ensemble ils parcouraient la ville, visitant ses monuments, assistant à toutes les fêtes, se mêlant à toutes les cohues, prenant part à toutes les rixes, si fréquentes à cette époque tourmentée, bousculant indifféremment papistes et huguenots, s'arrêtant fréquemment dans des tavernes où le Reître précepteur expliquait et commentait ce qu'on venait de faire ou de voir.

En matière politique et religieuse, il professait des opinions très conciliantes, estimant que dans les querelles qui divisaient alors la France, les catholiques pouvaient bien avoir raison, mais que les protestants n'avaient peut-être pas tort. Aussi recommandait-il à Barthélemy, destiné à porter bientôt les armes, de s'attacher beaucoup plus aux personnes qu'aux opinions. On savait toujours à peu près ce que valait un homme : on ne pouvait jamais exactement savoir ce que valait une opinion. D'ailleurs, la question était bien simplifiée pour eux. Ils s'étaient librement attachés au Prince de Navarre, par conséquent son opinion devait être la leur ; et s'il lui plaisait d'en changer, ils devaient en changer également.

Ils étaient également tenus à combattre pour lui jusqu'à la mort en temps de guerre, et à exécuter fidèlement ses ordres en temps de paix. Lorsque son service leur laissait des loisirs, ils étaient libres de les employer à se distraire honnêtement, soit en vidant quelques bouteilles avec de gais compagnons, soit en cherchant noise de temps en temps à quelques figures déplaisantes, simplement pour s'entretenir la main, et pour maintenir bourgeois et manants dans les sentiments de respect et de soumission dus aux gens d'épée.

Barthélemy se conforma aux préceptes et aux exemples de son singulier mentor ! Il devint promptement querelleur, batailleur même, apprit, tout jeune encore, à distinguer le vin d'Anjou du saint-péray, reçut force horions, en rendit quelques-uns, et régna sur une troupe de jeunes polissons, pleins d'admiration pour ses allures de tranche-montagne.

Les années se succédèrent : les deux enfants devinrent des adolescents. Ils avaient depuis longtemps cessé de croire au Coq parlant, sans obtenir que Frezol confessât ses talents de ventriloque. Bien mieux ! Des malandrins ayant un jour volé la sacoche qui recélait Cocorico dans ses flancs, le Reître affirma avec une ironique gravité que le merveilleux volatile était toujours là, perché à demeure sur son épaule ; mais qu'il s'était rendu invisible afin de ne pas courir le risque d'être volé de nouveau. Et de fait, si on ne le voyait plus, on l'entendait toujours. Il n'avait rien perdu de sa loquacité, et continuait à traiter le Prince de Navarre avec le même irrespectueux sans-façon.

CHAPITRE VIII

L'hôtellerie du Franc Mourier. — Les badauds du XVIe siècle.
Pugilat.

A l'occasion du quatorzième anniversaire de sa naissance, Barthélemy obtint, sur la proposition de Frezol, une double distinction qui le combla de joie : l'investiture officielle de ses fonctions d'écuyer, et l'autorisation de porter désormais l'épée, une épée ravissante, à garde et à poignée dorées, dont Henri de Navarre lui fit présent.

Arrogant comme il était, on devait prévoir qu'il ne tarderait pas à en faire usage. Mais cette éventualité probable n'avait rien qui pût déplaire à Frezol, très
impatient de voir si son élève ferait aussi bonne
figure sur le terrain qu'à la salle d'armes. Il n'eut
pas longtemps à attendre pour être fixé sur ce
point ; seulement, l'occasion qui permit à Barthélemy de faire voir ses talents se présenta dans
des circonstances aussi singulières en elles-
mêmes, qu'imprévues dans leurs conséquences.

Un matin de juillet, vers dix heures, le

Reître et le jeune écuyer passaient ensemble dans la rue de la Paroisse-
Saint-Gilles (1). Le temps était lourd, la chaleur accablante. Frezol insinua
qu'un verre de bourgogne serait très agréable à déguster par cette canicule.

Barthélemy approuva l'idée.

En conséquence, ils se diri-
gèrent vers le Franc Mourier, une
hôtellerie voisine fréquemment hono-
rée de leur visite, et s'installèrent
dans une petite salle basse, dont
la fenêtre grande ouverte donnait
sur la rue.

Frezol commanda une roquille (2)
de pomard qui fut promptement
vidée.

Il venait d'en faire apporter
une autre, lorsqu'une grande rumeur
éclata au dehors.

Barthélemy, assis tout près de
la fenêtre, se leva et se pencha pour
voir ce dont il s'agissait.

— Qu'est-ce? demanda négli-
gemment Frezol sans changer de
place et en remplissant les verres. Jeux de
poings ou jeux d'épées?

— Ni l'un ni l'autre, je crois, répondit
Barthélemy. Il me semble qu'on relève un
homme qui a dû se laisser choir.

— Oh! oh! fit le Reître. Un accident!... Peut-être une apoplexie... apo-
plexia!... Il faut voir ça!

Il sortit de l'hôtellerie. Barthélemy le suivit. Deux ou trois maisons plus

(1) Aujourd'hui rue Saint-Denis.
(2) Demi-litre.

bas, un rassemblement barrait la rue. Frezol s'informa, et apprit qu'un ouvrier, qui accrochait l'enseigne fraîchement peinte d'un mercier, venait de tomber de son échelle. Il s'était tué sur le coup, affirmaient les uns ; simplement étourdi, soutenaient les autres. On allait le transporter chez un barbier étuviste (1), au bout de la rue, près du Grand Châtelet.

Frezol n'en écouta pas plus long.

— Un barbier ! fit-il dédaigneusement. Quand le mire est là, le barbier doit se contenter du poil ! Inutile d'aller chez le barbier, bonnes gens ! Je suis chirurgien praticien !... Place ! Place !

En parlant ainsi, il jouait bruyamment des coudes, et se trouva bientôt devant la maison du mercier. On étendait le blessé sur un matelas prêté par un voisin. Deux hommes étaient allés chercher une civière.

Frezol fit connaître la qualité qu'il s'arrogeait, par humanité sans doute, et à laquelle il n'avait, on le sait, que des droits contestables. Puis il examina l'ouvrier, dont l'état ne lui parut pas grave.

— Syncope !... *Syncopa*... provoquée par la commotion de la chute, dit-il magistralement. Blessure peu profonde au crâne... *Cranium*... Pas de fracture des membres !... Dans trois jours, il sera sur pied !

Conformément à ses ordres, le patient fut porté dans la boutique du mercier dont on referma la porte.

Les badauds du seizième siècle, tout comme ceux du dix-neuvième, appréciaient infiniment cette distraction singulière qui consiste à s'absorber dans la longue contemplation d'une maison, à l'intérieur de laquelle se passent des choses qu'on ne peut pas voir. Aussi l'attroupement persista, malgré la fermeture de la porte. Barthélemy s'était attardé à distribuer quelques bourrades aux gens qui le serraient de trop près. N'ayant pas pu entrer dans la boutique sur les pas de Frezol, il stationna un instant au milieu de la cohue. Mais bientôt, lassé d'une attente qui pouvait être longue, il se décida à revenir au Franc Mourier.

Ce projet, facile à concevoir, ne laissait pas que de présenter quelques

---

(1) Les barbiers étuvistes exerçaient la chirurgie au seizième siècle.

difficultés d'exécution. La foule était très compacte. Il s'agissait de la traverser. Poussant les uns, se glissant entre les autres, dardant sur tous des regards féroces, Barthélemy était à peu près parvenu à se dégager, lorsqu'il fut rudement bousculé par un jeune homme, un peu plus âgé que lui, qui tenait à la main un grand panier d'osier. Il venait de sortir d'une boutique, et cherchait à voir ce qui se passait.

— Butor! s'écria Barthélemy furieux. Où as-tu donc les yeux, triple imbécile?

En prononçant ces aménités, il repoussa violemment le nouveau venu, qui tomba en lâchant son panier.

On entendit un grand fracas de verres cassés.

— Jésus Dieu! fit le jeune homme consterné. Il y en avait pour quatre livres et dix sous, entre les gobelets et les carafes!... J'aurai ma danse de maître Tourette! Mais tu auras la tienne de moi, freluquet! ajouta-t-il avec rage.

D'un bond, il se précipita sur Barthélemy et lui lança un coup de poing en pleine poitrine. Trop chevaleresque pour dégainer contre un ennemi sans armes, Barthélemy risposta par un coup de poing sur le nez de l'agresseur. Puis la lutte s'engagea corps à corps. Les deux adversaires s'étreignirent, roulèrent ensemble sur le pavé, et tantôt dessus, tantôt dessous, s'assommèrent réciproquement avec un entrain et une maëstria qui enchantaient les spectateurs.

CHAPITRE IX

Le premier duel de Barthélemy.
Une cure de maître Frezol.
Sans rancune.

L<small>E</small> blessé auquel Frezol prodiguait ses soins était complètement oublié à cette heure. L'intérêt se concentrait exclusivement sur les lutteurs, à peu près d'égale force tous deux, et qui ne semblaient pas plus disposés l'un que l'autre à lâcher prise, quand tout à coup ils se sentirent vigoureusement cinglés par trois ou quatre coups de fouet.

— Voilà pour toi, Césaire! hurlait en même temps une voix rauque et furieuse. Ça t'apprendra à muser au lieu de faire les commissions que je te donne! — Voilà pour toi aussi, galopin! Ça t'apprendra à casser mes verres et mes bouteilles!

Les deux antagonistes se relevèrent, Barthélemy exaspéré, le jeune homme au panier épouvanté!

L'homme qui venait de mettre ainsi fin au combat paraissait âgé d'une cinquantaine d'années. De taille moyenne, assez corpulent, vêtu d'un pourpoint et de chausses en drap gris, coiffé d'un feutre rond à petits bords, il boitait légèrement de la jambe gauche. Son teint était hâlé : ses cheveux et sa moustache grisonnaient. Une épée à coquille pendait à son ceinturon de cuir.

— Au Franc Mourier, tout de suite, Césaire! fit-il impérieusement. Ramasse ton panier, et quant à...

Il n'eut pas le temps d'en dire plus long au nommé Césaire : Barthélemy ayant dégainé et fondant sur lui tête baissée.

L'épée de l'enfant touchait presque la poitrine de l'homme qui para d'un coup sec du manche de son fouet.

— Comment! Comment, mon petit coq? fit-il avec un gros rire. Tu as une épée?... Une véritable épée?... En bel acier?... Plaies de Dieu!... Je la croyais en fer-blanc!

— Je te ferai voir qu'elle est bien trempée, grand lâche! hurla Barthélemy. Elle te trouera, sac à graisse! Elle te débondera, futaille! Allons! Tire donc la tienne!... Comment!... tu recules, hippopotame! Ah çà, tu n'oses donc attaquer que les gens qui ne sont pas sur leurs gardes! Dégaine, sabre et pique!... Dégaine, éléphant!

— Non! non, mon mignon! répondit l'homme corpulent dont la colère s'était subitement apaisée, et auquel l'agressive intrépidité de Barthélemy ne semblait nullement déplaire. Non! Je ne suis pas monseigneur Hérode, pour massacrer les innocents! Vas-y gaiement tout de même! Tu veux une réparation! Accordée! Mais je parerai avec le manche de mon fouet. Si tu touches, le coup sera bon tout de même!

— Eh bien, pare celui-là, maître Couard! s'écria Barthélemy, en lançant un coup droit que l'homme détourna par une simple parade d'opposition.

— Oh! oh! dit-il sur un ton approbatif, pendant que Barthélemy continuait à s'escrimer. Sais-tu que tu as de la main, mon petit poulet? Bravo! bravo!... Te voilà très bien retombé en ligne!... Ton maître d'escrime ne t'a pas volé ton argent!... C'est égal! Tu n'es pas encore de taille à lier partie avec... Ah! voilà que tu te lâches!... Du sang-froid!... Tiens donc mieux la garde! Là! Très bien! Voyons! Finissons-en!... Veux-tu des excuses? Je t'en fais!... Tu es crâne, et ça me plaît! Non?... Pas d'excuses?... Ah! le petit enragé!... Oh! oh!... Mauvais, ceci!... Un coupé dégagé!... Jamais sur le terrain!... Bon pour la salle d'armes... Mais jamais, jamais sur le terrain!... Retiens bien cela!

Les badauds s'amusaient comme des bienheureux. Que de plaisirs gra-
tuits coup sur coup! Un accident... Un pugilat... Un duel, et quel duel! Il ne
donnait pas l'agréable anxiété de l'appréhension d'une issue fatale, car l'homme
ne voulait évidemment pas mettre flamberge au vent contre l'enfant, et l'enfant
n'était certainement pas capable de toucher l'homme. Mais quel spectacle
original! Une épée aux prises avec un fouet!

Un autre divertissement leur était encore réservé! Un coup de théâtre se
préparait, émouvant et pathétique!

Frezol, dont l'événement avait confirmé les diagnostics, sortait de la
boutique, où le blessé, pansé et revenu de son évanouissement, se reposait
encore un instant avant de réintégrer son domicile. La foule s'écartait respectueusement devant l'habile chirurgien, démasquant ainsi l'homme au fouet et
Barthélemy aux prises. Abasourdi par la burlesque inégalité des armes, Frezol
pressa le pas et se trouva bientôt assez près des combattants pour distinguer
les traits de l'homme.

— Cornebleu! murmura-t-il stupéfait. Ah çà! il n'est donc pas mort?
Eh pardieu non, puisque le voilà!

Il passa derrière Barthélemy, le prit par le bras et l'écarta brusquement.

— Ah çà!... Que diable signifie?... s'écria-t-il, hors de lui. Bas les armes!
Bas les armes, te dis-je!... Tourette!... mon vieux Tourette!... Piques et
sabres!... On ne reconnaît donc pas les vieux amis?...

— Frezol! Frezol! balbutia l'homme au fouet. Pas
possible!... Comment! c'est toi?... c'est bien toi?

Pétrifié par la surprise, Barthélemy vit les deux
hommes tomber dans les bras l'un de l'autre et
s'embrasser chaleureusement.

— Eh oui! C'est bien moi! disait Frezol.
En chair et en os!... En personne naturelle. Ah
çà, Barthélemy, pourquoi diable voulais-tu pour-
fendre mon vieil ami Gilles Tourette?

L'homme au fouet, dont on connaît maintenant le nom, prit la parole et se chargea

d'expliquer les choses : Il venait d'atteler son cheval à sa carriole, dans la
cour d'une auberge voisine, et comme son valet de ferme, qu'il venait
d'envoyer acheter des verres et des carafes, tardait à rentrer, il était venu
sur la porte pour guetter son retour et l'avait aperçu, échangeant force
horions avec un jeune homme. Furieux de voir toute sa verrerie en miettes,
il séparait les combattants à coups de fouet, quand le jeune homme, un
gaillard qui n'avait pas froid aux yeux, avait mis flamberge au vent !

— Oh! il a du cœur, le mâtin, continua-t-il en riant. Et ce sera une
bonne lame! Il va déjà bien !... très bien même.

— Parbleu! fit orgueilleusement Frezol. C'est moi qui l'ai formé!... Mon
élève, Tourette! Barthélemy Lempret, que j'aime comme un fils, et qui serait
mon héritier, si j'avais quelque chose à léguer à quelqu'un! Avance donc,
Barthélemy, et ne t'avise plus de tirer l'épée contre Gilles Tourette, mon vieux
frère d'armes!

Tourette tendit la main à Barthélemy.

— Erreur ne fait pas compte, mon camarade! dit-il avec une affectueuse
rondeur. Vous pensez bien que si j'avais su !... Voyons!... Je vous fais mes
excuses!... Les excuses d'un vieux soldat, ça doit s'accepter, que diable!

Barthélemy eut bien un court moment d'hésitation. Cependant il com-
prit qu'il ne pouvait pas faire indéfiniment grise mine au vieil ami de Frezol.
Abjurant toute rancune, il accepta les excuses de Gilles Tourette et lui serra
loyalement et chaleureusement la main.

Les badauds, un peu désappointés par le rétablissement de la concorde,
s'intéressaient maintenant aux deux vétérans. Ils tendaient l'oreille, espérant
apprendre par leurs propos l'origine de l'étroite amitié qui les unissait. Cette
curiosité, qui n'avait rien que de très sympathique, ne fut cependant pas prise
en bonne part. Frezol demanda avec une douceur infinie à un bourgeois qui
s'était rapproché au point de le coudoyer, si la longueur de son appendice nasal
le gênait, et s'il désirait qu'on le lui raccourcît, offrant généreusement de se
charger de l'opération sur l'heure et sans honoraires. Tourette rappela poliment
à deux vieilles femmes qu'elles avaient à faire leurs préparatifs de départ pour
le Sabbat. Ces aménités eurent pour effet de dissiper l'attroupement. Chacun

tira de son côté, en lançant à distance sa flèche du Parthe, sous formes d'invectives qui n'émurent pas les deux vieux soldats et le jeune écuyer demeurés maîtres de la place.

— Est-ce que tu habites Paris? demanda Frezol à Tourette.

— Non. J'y viens assez souvent pour mes affaires; mais j'habite Dennemont... un village près de Mantes où j'ai une propriété.

— Tes affaires?... Une propriété?... Tu es donc riche, à cette heure?... Bravo! C'est donc pour cela que tu es devenu si gras?

— Le fait est que je ne me nourris pas trop mal, répondit Tourette.

— Et comment diable as-tu fait fortune? Par héritage ou par mariage?

— Quand je t'aurai répondu que je n'ai jamais eu de parents à succession, et que je mourrai célibataire, dit Tourette en riant, tu me demanderas autre chose, et ce sera tout naturel, car nous en avons long à nous dire. Mais comme on cause mieux assis que debout, voici ce que je propose. Je suis descendu ici près, au Franc Mourier...

— Le Franc Mourier! Connu! interrompit Frezol. Nous allions y revenir, Barthélemy et moi, pour achever certaine bouteille...

— Eh bien! allons l'achever ensemble! dit gaiement Tourette. Après quoi, nous en viderons d'autres en déjeunant... Je vous invite... J'allais repartir... Mais maintenant que je t'ai retrouvé, mon camarade, j'ajourne! Ce sera pour ce soir. Allons! Venez! Nous bavarderons tout en jouant de la fourchette.

Césaire, le petit valet, éprouva une surprise inexprimable en voyant son maître et son adversaire entrer bras dessus, bras dessous, dans la cour où il attendait à côté de la carriole attelée. Tourette lui signifia qu'il aurait à considérer désormais Barthélemy comme un jeune homme qu'il honorait de son amitié. Césaire répondit que parce qu'on avait échangé quelques torgnioles, ce n'était pas une raison pour s'en vouloir, et qu'il serait toujours le serviteur de l'ami de maître Gilles Tourette.

CHAPITRE X

Comment on fait fortune. — Villégiature. — Les succès de Barthélemy.

UNE demi-heure après, assis devant une table plantureusement servie, les deux vétérans évoquaient leurs souvenirs d'antan et s'instruisaient réciproquement de leur situation actuelle. Frezol expliqua d'abord par suite de quelles circonstances il était entré au service du Prince de Navarre ainsi que Barthélemy. Après quoi, satisfaisant enfin la curiosité vivement surexcitée dudit Barthélemy, il lui raconta comme quoi il avait servi pendant plusieurs années avec Tourette, en Piémont et dans le Milanais.

— Entre nous, l'amitié y a été du premier coup, disait-il. Deux frères ! Quand je changeais de corps, il en changeait pour rester avec moi. Et ça a duré comme ça jusqu'à Cerisoles, où je croyais bien que tu étais resté, mon camarade ! Je t'avais vu tomber le nez contre terre en lâchant ta pique, et comme tu ne te relevais pas, je m'étais dit: « Pauvre Gilles ! Il a son compte pour de bon, cette fois ! »

— Oui ! fit Tourette en riant. Ça pouvait se croire ! J'avais reçu l'arque-

7

busade en plein dans le mollet gauche! Quel coup de bâton, mes enfants! J'en ai
eu la respiration coupée pendant un bon quart d'heure. Quand j'ai pu me
ramasser, j'ai vu que les Espagnols n'avaient pas l'air d'en mener
large, et que notre bataillon de gens de pied
était à plus de cinq cents pas en avant de moi.

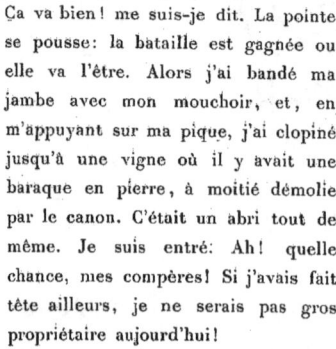

Ça va bien! me suis-je dit. La pointe
se pousse: la bataille est gagnée ou
elle va l'être. Alors j'ai bandé ma
jambe avec mon mouchoir, et, en
m'appuyant sur ma pique, j'ai clopiné
jusqu'à une vigne où il y avait une
baraque en pierre, à moitié démolie
par le canon. C'était un abri tout de
même. Je suis entré: Ah! quelle
chance, mes compères! Si j'avais fait
tête ailleurs, je ne serais pas gros
propriétaire aujourd'hui!

— Plaies de Dieu! s'écria Frezol.
Tu découvris un trésor dans cette
cabane?

— Un trésor, non... Mais un
officier ennemi! Un seigneur espagnol,
don Francisco de Bugcerda, comte de
Mondoverde, blessé comme moi... plus
que moi, veux-je dire. Un coup de
sabre sur la tête... Un coup d'épée
dans la poitrine... La jambe gauche cassée par une balle... Sans compter les
éraflures... Ses Lansquenets l'avaient porté là pour le panser; mais, voyant
que la chance tournait pour nous, ils l'abandonnèrent et gagnèrent au pied.
Pour le moment, il n'était pas à craindre, puisqu'il ne pouvait pas bouger.
Mais on ne peut jamais savoir au juste... Les forces pouvaient lui revenir...
Je pouvais perdre les miennes!... L'un de nous était de trop dans la cahute,

et dame! comme il vaut mieux tuer le diable que d'être tué par lui, je me décidai à expédier le comte.

— C'était prudent! approuva Frezol. Mais je crois comprendre que tu t'en es tenu à l'intention?

— Oui, parce que le digne homme, qui ne se souciait pas d'être expédié, me supplia de le recevoir mon prisonnier, jurant qu'il ne chercherait pas à s'échapper, et qu'étant très riche, il me payerait dix mille écus de rançon! J'hésitais. Mais dix mille écus! Ça valait bien la peine de risquer quelque chose. Et puis il avait l'air si brave homme! Il me jura sur tant de saints et sur tant de vierges que je pouvais me fier à lui!... Bref, je le reçus mon prisonnier. Au lieu de l'expédier je le soignai... Il tint sa parole. Je touchai les dix mille écus. Boiteux par suite de mon arquebusade, je revins à Mantes, mon pays natal. J'achetai à bon compte mon île de Dennemont, où je coule la vie assez douce, comme vous pourrez voir, car je vous emmène! Ce soir même!... La carriole est assez grande pour nous porter tous... Et ne me dites pas non, si vous ne voulez pas que nous nous fâchions!

Frezol répondit qu'ils ne pouvaient pas s'absenter sans l'autorisation de Jeanne d'Albret, qui la leur accorderait certainement, d'ailleurs. Malheureusement elle était à Vincennes, avec la Cour, et ne devait revenir que le lendemain. Force lui était donc d'attendre son retour. Tourette devait le comprendre et ne pas leur en vouloir d'un retard qu'ils regrettaient autant et plus que lui.

— Certainement! Je comprends très bien, répondit Tourette. Mais puisqu'il en est ainsi, voilà ce que je vais faire. Je renvoie Césaire à Dennemont avec la carriole, et je reste à Paris jusqu'à ce que vous ayez la permission. Nous tâcherons de ne pas nous ennuyer en attendant.

— Excellente idée! approuva Frezol. Et aussitôt que la Reine nous aura donné campo, nous filerons ensemble!

En conséquence de cette résolution, Frezol et Barthélemy, autorisés par la Reine de Navarre à s'absenter pendant quinze jours, partaient à cheval du Franc Mourier en compagnie de Tourette, le surlendemain, à quatre heures du matin.

Le voyage s'effectua le plus agréablement du monde. Ils déjeunèrent à

Poissy, s'arrêtèrent à plusieurs reprises dans différents villages, pour laisser reposer les chevaux, et arrivèrent à Dennemont à cinq heures et demie du soir.

Le domaine de Gilles Tourette consistait en une île verdoyante, à laquelle on accédait en traversant sur un bac un petit bras de la Seine.

La maison d'habitation, à deux étages, s'élevait au milieu d'un joli jardin, simple et coquette avec son perron en briques, son toit d'ardoises et ses fenêtres à balcon. En arrière et sur les côtés, des arbres fruitiers et de grands tilleuls émaillaient une pelouse gazonnée. Dans une prairie clôturée par des haies vives avec portes à râteau, la ferme et les communs s'adossaient à un verger qui descendait en pente douce jusqu'à la Seine. Un banc rustique, au-dessus duquel les frondaisons de quelques arbres séculaires formaient voûte, offrait aux amateurs de pêche à la ligne un siège rustique et commode. Trois bateaux et le bac assuraient les communications avec la ferme, et permettaient à Gilles Tourette et à ses hôtes de se livrer aux plaisirs du canotage.

Le vétéran se persuadait qu'il exploitait lui-même son bien. En réalité, tous les travaux de culture et d'entretien s'exécutaient sous la direction compétente d'un paysan de Dennemont, Michel Décrou, logé à la ferme avec sa femme Nicole et son fils Césaire, déjà connu de notre lecteur. Nicole et Césaire étaient spécialement chargés du service personnel de Tourette.

La nuit commençait à tomber lorsque les voyageurs arrivèrent à l'île. Renvoyant au lendemain l'exploration minutieuse des lieux, Frezol et Barthélemy durent se contenter d'une vue d'ensemble. Après le dîner, Tourette les installa dans la grande chambre à deux lits qu'ils devaient occuper pendant leur séjour; il les quitta en leur souhaitant une bonne nuit dont le besoin se faisait vivement sentir après une aussi longue chevauchée.

Barthélemy ne devait jamais oublier ces quinze jours de villégiature, pendant lesquels il put librement jouir des plaisirs de la vie champêtre, en même temps qu'il savourait avec ivresse les plus agréables satisfactions d'amour-propre. Le prestige qu'il exerçait sur la jeunesse des deux sexes de Dennemont dépassait tout ce que l'imagination peut concevoir. Sa qualité d'écuyer d'un Prince, l'épée suspendue à son côté et qu'il ne quittait que pour se coucher, les incidents de la vie à Paris qu'il racontait en les émaillant de

faits et de rodomontades plus ou moins authentiques, inspiraient à la fois la crainte, le respect et l'admiration. Une action d'éclat accomplie dans le pays même ceignit son front d'une auréole de gloire impérissable.

Depuis plusieurs mois, la jeunesse de Dennemont était en guerre ouverte avec celle de Gassicourt, un village voisin. Une rencontre générale devait avoir lieu dans une grande prairie sur les bords de la Seine. Barthélemy sollicita l'honneur de conduire ses nouveaux amis au combat. Il prit avec le plus grand soin toutes ses dispositions tactiques et stratégiques, et se présenta à la tête de sa troupe devant l'ennemi... qui ne tint pas une seconde! Ce ne fut pas la crainte de l'épée de Barthélemy qui provoqua la déroute, il l'avait laissée loyalement et par exception chez Tourette. Mais on le connaissait de réputation à deux lieues à la ronde. On le savait écuyer du Prince de Navarre. Entrer en lutte avec l'écuyer d'un Prince, c'était s'exposer peut-être au courroux du Prince lui-même! Personne n'en eut le courage. Les Dennemontais rentrèrent chez eux triomphants, et les Gassicouriens n'osèrent plus provoquer une confédération placée sous le protectorat d'un aussi puissant personnage que Barthélemy Lempret!

Tourette se mettait en quatre pour varier les plaisirs des deux invités. Chaque jour apportait une distraction nouvelle : promenades en bateau, excursions en carriole ou à cheval dans les environs, collations champêtres, repas somptueux, chasses à Saint-Martin-de-la-Garenne et au Chesnay où le gibier abondait, pêche au filet ou à la ligne dans la Seine, extrêmement poissonneuse aux abords de l'île, etc... Frezol s'adonnait à la chasse. Barthélemy ne la dédaignait pas, mais il se passionnait surtout pour la pêche à la ligne. Chaque matin, levé dès l'aube, il allait s'installer sur le banc de la berge, et n'en bougeait pas jusqu'à ce qu'il eût pris une abondante friture pour le déjeuner.

Le moment vint où il fallut s'arracher à toutes ces joies bucoliques pour rentrer à Paris. Gilles Tourette exigea qu'on lui promît de revenir souvent!... très souvent!... toutes les fois qu'on pourrait le faire et qu'on en aurait envie. Frezol et Barthélemy s'y engagèrent d'honneur et tinrent leur serment. Pendant les deux années qui suivirent, il ne se passait guère de mois sans que Tourette les vît arriver, tantôt ensemble, tantôt séparément.

CHAPITRE XI

Le baptême du feu.
Franc-parler du Coq.
Délices de la paix.

En 1568, les événements politiques interrompirent pour longtemps ces affectueux rapports. La guerre recommençait entre protestants et catholiques. Le Prince de Navarre, qui venait d'entrer dans sa seizième année, dut cesser brusquement ses études et partir avec Frezol et Barthélemy pour La Rochelle, où Jeanne d'Albret, sa mère, s'était réfugiée. Quelques semaines après, il faisait ses premières armes à Jarnac.

D'une hauteur occupée par un escadron de Corselets en bataille, il assiste aux mouvements préparatoires des deux armées. Frezol et Barthélemy sont auprès de lui. Aux premières décharges de mousqueterie, les deux jeunes gens deviennent très pâles. Le vieux Reitre, qui les observe, fronce les sourcils, et tortille nerveusement sa longue barbe. Puis, c'est le canon qui gronde. Une volée de mitraille siffle au-dessus du tertre. Henri et Barthélemy baissent la tête et se couchent presque sur l'encolure de leurs chevaux.

Frezol tressaille. Il ne dit rien ; mais le Coq parle ! Il parle d'une voix contenue, parfaitement distincte pour les deux jeunes gens, mais trop basse pour que les Corselets puissent l'entendre.

— Est-ce que vous cherchez des escargots par terre, belle jeunesse?
demande d'un ton moqueur l'invisible oiseau. Vous devriez vous baisser un
peu, afin de les mieux voir!

Le Prince et son écuyer n'ont pas de peine à comprendre l'ironique sous-
entendu de ces paroles. Ils se redressent vivement sur leurs étriers. Barthélemy a l'air confus : Henri est exaspéré.

— Prends garde, Frezol! s'écrie-t-il. Si tu oses dire ou insinuer que j'ai
peur, je saurai...

— Mais je n'ai rien dit, Monseigneur! interrompit Frezol avec la plus
profonde surprise. Je n'ai pas desserré les dents! C'est le Coq qui...

— Ah! C'est le Coq? Hé bien! Si le Coq est insolent, on trouvera sans
aller bien loin un bel arbre et un bon bout de corde pour le brancher, le Coq!
Dis-le-lui de ma part.

— Inutile!... J'ai entendu! répond la voix du Coq. Henriot, mon ami, tu
n'es qu'un sot! Pendre un Coq invisible! Il faut être béjaune comme toi pour
avoir des idées aussi dangereuses. Sache une chose, mon garçon, et fais-en ton
profit pour l'avenir : on met parfois la poule au pot. Mais on n'a jamais mis
un Coq à la potence!

Et changeant de ton :

— Tiens! Tiens, continue-t-il. Te voilà bien droit sur ta selle, à présent!
Tu ne cherches donc plus des escargots par terre? A propos! Dis-moi? Est-ce
que tu les cherchais pour les faire pendre, eux aussi?

Barthélemy éclate de rire. Le Prince de Navarre en fait autant, et de bon
cœur : car il est bien forcé de reconnaître que la facétieuse diversion du ventriloque lui a permis de se ressaisir, en coupant court à cette impression ner-
veuse qu'éprouvent les plus braves au sifflement de la mitraille et des balles,
lorsqu'ils reçoivent le baptême du feu!

La bataille continue. Maintenant, les deux jeunes gens ne saluent plus les
projectiles. L'odeur de la poudre, le fracas des armes les grisent. Honteux de
leur courte défaillance, ils brûlent de prendre leur revanche. Mais Coligny
donne l'ordre de la retraite. La première bataille à laquelle Henri vient d'assis-
ter est une défaite; et six mois après, il voit les calvinistes encore battus à

Moncontour. Quelques poignées d'hommes entretiennent encore la guerre de partisans dans les provinces, jusqu'à ce que le traité de paix de Saint-Germain ait mis fin aux hostilités.

Toujours escorté de ses deux fidèles, le Prince de Navarre revient alors à Paris où il retrouve Jeanne d'Albret. Charles IX et Catherine de Médicis l'accueillent avec le plus tendre empressement. Les souvenirs de la guerre civile semblent oubliés. A l'existence de privations et de périls qu'Henri vient de mener succède une vie de plaisirs et de fêtes, au courant de laquelle il s'abandonne avec toute la fougue de ses dix-huit ans.

Frezol et Barthélemy se délassent, eux aussi, de leurs belliqueux labeurs. Ils vont souvent à Dennemont et Gilles Tourette leur fait de fréquentes visites à Paris. Il a pris en grande affection Barthélemy, dont il chante sans cesse les louanges. Les qualités qu'il apprécie surtout en lui ne sont cependant pas du goût de tout le monde. Le jeune écuyer est devenu d'une fierté et d'une arrogance insupportables, depuis qu'il porte au front la cicatrice d'un coup de pistolet. Il toise et bouscule insolemment les gens et n'admet pas qu'un bourgeois, si cossu qu'il puisse être, lui dispute le haut du pavé. Ces grandes allures enchantent Tourette. Elles lui rappellent, assure-t-il, ce qu'il était lui-même aux temps lointains de sa jeunesse, et sous le sceau du secret, il a confié à Frezol que son testament était fait en faveur de Barthélemy. En attendant, sa bourse est toujours ouverte à son futur héritier, et comme il trouve que celui-ci en use trop discrètement, il lui force souvent la main.

Barthélemy se laisse faire et mène joyeuse vie. Lié avec quelques-uns de ces étudiants de quinzième ou de vingtième année qu'on appelait alors des *Galoches*, il leur raconte ses exploits, va jouer avec eux à la paume dans le grand ou le petit pré aux Clercs, les aide à rosser le guet, à dépendre les enseignes, voire même à tirer quelques manteaux, et leur tient vaillamment tête, le verre en main, dans les tavernes où il paye souvent leur écot.

Frezol l'accompagne parfois, et cause beaucoup avec ceux des Galoches qui étudient la chirurgie. Sa vocation et ses aptitudes pour cet art le passionnent de plus en plus. Il affecte des allures doctorales, compassées, et fréquente l'Hôtel-Dieu, où il a l'insigne honneur d'être un jour reconnu par Ambroise Paré !

CHAPITRE XII

L'île de la Gourdaine. — Barthélemy rosse un joueur, vole un bateau et s'en va sans demander son reste.

Deux ans s'écoulèrent. Jeanne d'Albret était morte. Henri, devenu Roi de Navarre, avait épousé Marguerite de Valois, sœur de Charles IX.

Quelques jours après ce mariage, un samedi, vers dix heures du matin, Frezol sortait de chez un armurier de la rue de l'Arche-Marion, auquel il venait d'acheter un magnifique pistolet à rouet, arme d'invention toute récente, dont il comptait faire cadeau à Barthélemy à l'occasion de sa fête, qui tombait le lendemain. Il revint au Louvre où le Roi de Navarre était logé avec ses gentils-hommes et ses serviteurs, et ne trouva pas le jeune écuyer, par l'excellente raison qu'à ce moment même celui-ci s'escrimait à l'île de la Gourdaine (1), contre un Galoche avec lequel il s'était pris de querelle en jouant aux dés à la Taverne de l'Ecu Rouge.

En conséquence, Frezol ajourna l'offre de son cadeau, et se rendit chez le Roi de Navarre pour prendre ses ordres, ainsi qu'il avait l'habitude de le faire chaque jour à pareille heure.

(1) Aujourd'hui place Dauphine.

Pendant ce temps, Barthélemy ferraillait. Disons-le tout de suite : la pro-
vocation ne venait pas de lui. Son adversaire, très friand de la lame, l'avait
malmené à propos d'une vétille. Il n'en fut pas le bon marchand. Après un
long engagement, l'épée de Barthélemy lui traversa le bras de part en part et
s'enfonça assez profondément un peu au-dessus de sa hanche droite. Les blessures étaient sérieuses, mais point mortelles. Barthélemy aurait donc pu, sans
inhumanité, se réjouir de sa victoire ; mais il n'en eut pas le temps. Un bourgeois pacifique, ayant assisté de loin aux préparatifs de la rencontre, avait
prévenu le guet du Roi. Un édit très sévère venait d'être rendu contre les duels
à l'instigation du chancelier de l'Hôpital. Une quinzaine de sergents à pied
furent aussitôt dépêchés à l'île de la Gourdaine. Barthélemy réussit à leur
échapper grâce aux excellentes leçons de canotage que Césaire Décrou lui avait
données à Dennemont. D'un coup de poing il renversa le passeur, s'empara
de son bateau, joua vigoureusement des rames, et prit terre en face du Louvre,
où il se garda bien d'entrer.

Sans s'exagérer outre mesure les dangers qu'il pouvait courir, il estima
que la prudence lui commandait de quitter Paris, au moins pour quelques
jours. Naturellement ce fut à Gilles Tourette qu'il résolut d'aller demander
asile. A cette époque, le champ d'investigation de la police ne s'étendait guère
au delà des limites de la localité même dans laquelle les crimes ou les délits
avaient été commis. Barthélemy était donc à peu près certain qu'on ne vien-
drait pas le relancer à Dennemont. D'ailleurs, aussitôt arrivé, il enverrait un
exprès à Frezol pour le mettre au courant. Si les sergents du guet ne l'avaient
pas reconnu, Frezol le lui ferait savoir et il reviendrait aussitôt à Paris. Dans le
cas contraire, le Roi de Navarre interviendrait en sa faveur et le tirerait
d'affaire.

L'essentiel, pour le moment, était de partir au plus tôt. Sans s'attarder
à chercher Frezol ou à lui écrire, il courut au Franc Mourier, raconta qu'une
affaire l'appelait à Saint-Cloud, loua un cheval robuste, et se mit immédiatement
en route.

Le trajet qu'il avait à effectuer étant assez long, il dut ménager sa mon-
ture et s'arrêter à plusieurs reprises, pour qu'elle pût le porter jusqu'au bout.

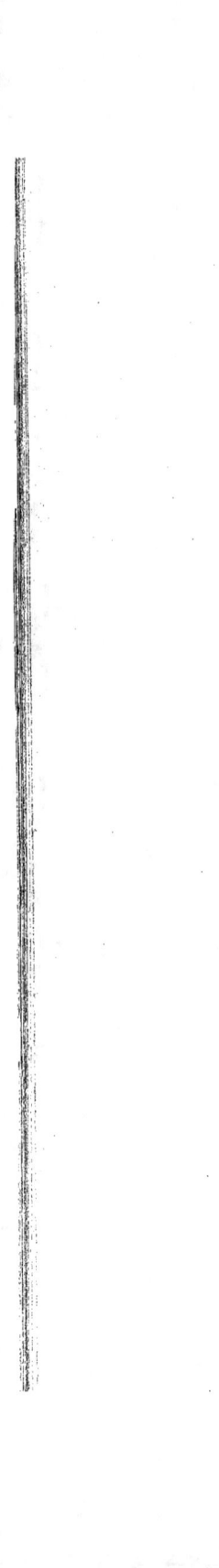

Aussi n'arriva-t-il à Dennemont que le dimanche matin vers sept heures.

En quelques mots, il exposa la situation à Gilles Tourette.

— Bravo, mon gar-
çon! Double bravo! dit
le vieux soldat. Bravo,
d'abord pour le coup
d'épée!... Trois blessures
à la fois!... C'est magis-
tral! c'est académique!...
Frezol sera enchanté
quand il saura que... Et
bravo surtout pour la
bonne idée que vous avez
eue de venir vous réfu-
gier chez votre vieux camarade! Car c'est une idée
admirable!

« Oh! je l'ai toujours
dit! chez vous, la tête vaut
le bras! Vous avez im-
médiatement compris que
personne ne pourrait vous
débusquer ici!... qu'une île
est une excellente position
défensive, où la retraite est
toujours assurée...

« Je suis ravi, tout à fait
ravi de votre présence d'esprit!
Et quelle chance! Vous m'ar-
rivez juste le jour de la Saint-
Barthélemy. Nous la célébre-

rons sinon brillamment, du moins gaiement et cordialement, je vous en
réponds!

— Tiens! fit Barthélemy. Je n'y pensais pas! C'est aujourd'hui ma fête!

— Mais oui! répondit Tourette. Et si vous n'y pensiez pas, je ne l'avais
pas oublié, moi! Vous trouvererez à votre retour certaine lettre, avec certain
bon... sur certaine caisse... Les jeunes gens ont toujours plus ou moins besoin
d'argent!... D'ailleurs, comme je ne savais pas ce dont vous pouviez avoir envie,
j'ai voulu vous mettre en mesure de choisir vous-même mon cadeau de fête, à
votre convenance.

Barthélemy aurait remercié avec effusion, si la chose lui eût été possible.
Mais Tourette n'acceptait pas les remerciements. Lorsqu'on essayait de lui en
adresser, il posait une question, émettait un avis, formulait une réflexion
de nature à modifier le cours de l'entretien. Il avait beau jeu ce jour-là, car il
était vraiment tout naturel de s'occuper immédiatement de faire prévenir
Frezol. Il fut décidé qu'on lui dépêcherait Césaire, sur la discrétion duquel on
pouvait absolument compter. Il partirait dans une heure et serait à Paris le
lendemain dans l'après-midi. Tourette descendit pour aller lui donner des
instructions, et engagea Barthélemy à se reposer jusqu'au déjeuner.

CHAPITRE XIII

La Saint-Barthélemy à la ville. — La voix du Coq. —
La Saint-Barthélemy aux champs.

REVENONS en arrière de quelques heures, et racontons ce qui s'était passé à Paris, après le départ de Barthélemy.

Peut-être Frezol aurait-il été surpris de son absence du Louvre pendant toute la journée du samedi, s'il avait pu la constater.

Mais il était parti lui-même à onze heures avec le Roi et la Reine de Navarre, qui allaient voir voler la pie à Clamart. De retour au Louvre vers cinq heures, il monta chez le jeune écuyer, ne le trouva pas dans sa chambre, pensa qu'il avait dû rentrer dans l'après-midi, et ne s'en inquiéta pas autrement.

Le soir, il dîna sur la rive gauche, chez un herbier (1) avec lequel il avait lié amitié, rentra à onze heures au Louvre et se coucha aussitôt.

Vers quatre heures du matin, il fut brusquement réveillé par un bruit terrible dans lequel se confondaient des pas tumultueux, les cris de fureur d'une foule immense, de nombreux coups de feu et les battements précipités de la cloche de Saint-Germain-l'Auxerrois.

Le massacre de la Saint-Barthélemy commençait !

_____

(1) On appelait ainsi les herboristes à cette époque.

9

Levé, armé, vêtu en un clin d'œil, Frezol s'élance hors de la chambre qu'il occupe sous les combles et descend quatre à quatre les marches d'un petit escalier dérobé qui aboutit au grand vestibule du second étage, sur lequel ouvrent, à droite la porte de l'appartement du Roi de Navarre, à gauche celle de l'appartement de la Reine.

Un spectacle terrifiant s'offre à ses regards !

Dix ou douze gentilshommes, la croix blanche au chapeau, la dague, l'épée ou le pistolet au poing, la fureur dans les yeux, l'écume aux lèvres, se ruent contre la porte du Roi de Navarre, unissant leurs efforts pour l'enfoncer. Les cris de : « A mort le Béarnais !... A mort l'hérétique ! » retentissent, proférés par leurs voix furieuses !... Eh quoi ? Henri doit-il donc être égorgé dans le palais même de Charles IX... chez son beau-frère ?

Que va faire Frezol ? Charger les assaillants, sans doute ! se jeter sur eux !... Frapper tant qu'il lui restera un souffle de vie... succomber sous le nombre ; mais mourir, du moins, pour son maître... pour son Roi... avec lui ! puisqu'il ne peut pas le sauver !

Mais non !... Le brave Frezol, l'intrépide Frezol, Frezol qui n'a jamais lâché pied sur le champ de bataille, Frezol recule maintenant devant une poignée d'assassins en délire ! Il profite de ce qu'ils ne l'ont pas vu paraître dans la baie du petit escalier, auquel ils tournent le dos, pour se dérober à leurs coups !... Oh honte !... Il a peur !... Il se cache !... Il fuit !

La porte du Roi craque ! Les battants se disjoignent. Elle va céder ! Henri est perdu ! quand soudain, de l'étage inférieur, une voix aiguë, au timbre étrange, monte, articulant distinctement ces mots :

— Sus au Roi de Navarre !... Dans la petite cour !... Les niais se sont laissé jouer !... Ils n'ont pas gardé la fenêtre !... Sus à l'hérétique !... A mort ! A mort !

Les assassins font volte-face. Ils s'élancent dans l'escalier, convaincus que l'homme dont ils ont juré la perte vient d'être aperçu, sautant par une fenêtre du premier.

Le vestibule est dégagé... grâce au merveilleux Coq ! grâce au Coq invisible ! grâce à Cocorico !

Maintenant, c'est Frezol qui frappe à la porte. Il appelle! Henri reconnait sa voix. Il ouvre.

— Vite! vite, Sire! dit le Reître. Ils vont revenir! — Chez la Reine, Sire!... chez la Reine!... Venez! Le salut pour vous ne peut être qu'auprès d'elle en ce moment!

Cependant les assassins ont bientôt reconnu qu'ils viennent d'être dupes d'un inexplicable subterfuge. Ils remontent en plus grand nombre! Ils se ruent de nouveau contre la porte, que Frezol a eu soin de refermer. Elle cède!... O rage! Le Roi n'est plus là!... Il est chez la Reine, épouvantée, glacée d'horreur, mais intrépidement résolue à le sauver, coûte que coûte, à tout prix!

— Mon brave Frezol! dit-il en serrant la main du Reître. Ah! le Coq a parlé à temps, cette fois!... Mais Barthélemy? pourquoi n'est-il pas là?... Sais-tu ce qu'il est devenu?

— Non, Sire! répond Frezol accablé... Mais je m'en doute! Hélas!... Il est huguenot, lui aussi!

Au moment où le Roi de Navarre et Frezol se demandaient s'ils le reverraient jamais, Barthélemy arrivait à l'île.

On se rappelle que Tourette l'avait engagé à se reposer pendant deux ou trois heures. Il suivit ce conseil, et s'endormit si profondément que Nicole Décrou, chargée de venir le réveiller à midi, n'en eut pas le courage. Elle redescendit en déclarant que ce serait pitié d'interrompre un si bon somme. « Il fallait laisser le jeune homme tranquille. Quand il » aurait assez ronflé, il le dirait. »

Tourette partagea cette manière de voir. Barthélemy, ayant voyagé toute la nuit, avait de l'arriéré a regagner. Il ne se réveilla qu'à six heures et descendit au jardin, bien frais, bien dispos et mourant de faim.

Les notables du village, conviés par Tourette, étaient tous là. Bouquets et souhaits de fête, poignées de mains, embrassades allèrent leur train. Ces manifestations de chaleureuse sympathie prouvaient que Barthélemy n'avait rien perdu de sa popularité, depuis le jour de sa victoire sans combat sur la jeunesse de Gassicourt!

La table était mise dans le jardin, éclairé par des lanternes en papier suspendues aux arbres. Nicole s'était récriée le matin, lorsque Tourette l'avait prévenue qu'il comptait donner le soir même un somptueux festin en l'honneur de la Saint-Barthélemy. « Ça n'était pas possible! déclara-t-elle tout d'abord. » Elle aurait à peine sept ou huit heures devant elle! Pas moyen de faire de la » cuisine en aussi peu de temps! » Mais Tourette sut adroitement surexciter son amour-propre professionnel, et grâce aux ressources abondantes du garde-manger, de l'office et de la basse-cour, grâce au concours éclairé de plusieurs auxiliaires des deux sexes, le dîner fut véritablement remarquable et consacra à tout jamais la gloire culinaire de Nicole Décrou. On mangea beaucoup; on but énormément. Les toasts se succédaient sans interruption. Au dessert on chanta. Après le concert, le bal sur la pelouse, devant la ferme. Toute la jeunesse de Dennemont était invitée, et, pour que rien ne manquât à la fête, il y eut des salves de boîtes et de pétards, fusées volantes et feux de Bengale!

Lorsqu'on se sépara, à une heure du matin, Tourette eut besoin du bras secourable de Michel Décrou pour gagner sa chambre. Barthélemy put monter seul dans la sienne. Mais comme les toasts l'avaient quelque peu surexcité, et comme il avait dormi toute la journée d'ailleurs, la nuit s'écoula sans qu'il parvînt à fermer l'œil.

CHAPITRE XIV

Sinistres épaves. — Rentrée en campagne.
Roi de France et de Navarre.

Dès l'aube, il se leva et sortit, espérant que l'air pur du matin le remettrait promptement dans son assiette. Après avoir un instant arpenté le jardin, il prit une ligne et alla s'asseoir sur le banc de la grève.

Le temps était superbe, un peu frais, mais complètement calme, et partant très favorable à la pêche. Dès le lever du soleil, les *touches* furent nombreuses. A six heures et demie, Barthélemy avait déjà pris une douzaine de belles brèmes et de beaux gardons, quand tout à coup il aperçut un cadavre qui passait devant l'île, en dérivant au fil du courant.

Les bateaux étaient à quelques pas de

là dans une petite crique. Il courut en détacher un pour aller chercher le noyé et le ramener à terre, afin qu'on pût le reconnaître et lui donner la sépulture. Mais avant que la corde fût dénouée, trois autres passèrent, à quelques secondes d'intervalle.

Laissant là le bateau, Barthélemy s'élança vers la maison. Ses cris d'appel eurent bientôt réveillé Tourette. En quelques mots, il le mit au courant. Ils revinrent ensemble à la crique et s'embarquèrent. Tourette prit les rames. Mais il n'eut pas à courir après les cadavres que Barthélemy venait de voir passer. D'autres apparurent en amont de l'île, descendant le fleuve. En moins d'un quart d'heure, ils en comptèrent neuf !... hommes ou femmes, richement vêtus et portant tous la trace de quelque blessure d'arme blanche ou d'arme à feu.

— Cornes du diable ! murmura Tourette en pâlissant. On s'est massacré quelque part !... A Paris, sans doute !... Ce pauvres morts ont tous de trop beaux habits pour être d'un petit endroit !

— Vous avez raison, maître Gilles ! s'écria Barthélemy, frémissant d'épouvante..... Oui !... De mauvais bruits auxquels nous n'attachions pas d'importance, Frezol et moi, couraient à Paris ces jours-ci !... Papistes et huguenots ont dû s'y livrer bataille depuis mon départ !... Oh mon Dieu !... Et le Roi ?... Et Frezol ? que sont-ils devenus ?... A terre !... A terre, maître Gilles ! Il faut que je parte pour Paris !... A l'instant !... Sur l'heure !

— Plaies de Dieu !... Je crois bien, qu'il faut que vous partiez ! approuva Tourette hors de lui... que nous partions, veux-je dire. — Car je viens !... Je viens, moi aussi !... Nous nous informerons en route... A Mantes, on doit savoir quelque chose !

Le bateau abordait à ce moment. Les deux hommes sautèrent à terre, s'équipèrent et s'armèrent rapidement ; ils sellèrent eux-mêmes leurs chevaux.

On sait que pour rejoindre la route, il fallait traverser le bras qui séparait l'île du village. Le bac dont on se servait à cet effet ne pouvait porter qu'un cheval à la fois : Tourette passa le premier, Barthélemy le suivit.

Une fois sur l'autre rive, ils sautèrent en selle et partirent à fond de train.

Un quart d'heure après, ils allaient traverser la Seine au pont de Mantes,

lorsque dans un tourbillon de poussière, sou-
levé par le galop d'un cheval, ils aperçurent
un cavalier qui accourait en sens inverse.

— Frezol! s'écria Barthélemy ivre de
joie... Maître Gilles, il est hors de danger!...
Le voilà!... C'est lui!

Barthélemy ne se trompait pas. C'était
bien Frezol, qui venait lui porter les ordres
du Roi de Navarre.

Comment avait-il su qu'il le trouverait
à Dennemont? A coup sûr, ce n'était
pas par Césaire Décrou, qui arrivait à
peine à Paris en ce moment, tandis
que Frezol avait dû en partir la veille,
d'assez bonne heure dans l'après-midi.

Donnons quelques brèves explications à
ce sujet.

Il était cinq heures du matin lorsque
Henri de Navarre avait pu se réfugier chez la Reine, grâce à l'intervention
de Cocorico. Frezol était resté auprès de lui. Vers six heures, Charles IX
arriva chez Marguerite de Valois, et mit son beau-frère en demeure d'opter
entre la mort et la messe! — Henri dut répondre qu'en sujet respectueux
du Roi de France, il se soumettrait toujours à sa volonté.

Sauvé par cette promesse d'abjuration, et n'ayant plus rien à craindre
pour lui-même, il prescrivit à Frezol de s'enquérir immédiatement de
Barthélemy.

Le vieux Reître se mit en quête et eut bientôt trouvé la piste.

Connaissant les intimes de Barthélemy, au courant de ses habitudes, de
ses relations et des endroits où il fréquentait le plus ordinairement, il se
rendit dans plusieurs tavernes, notamment à l'Écu Rouge, où on lui raconta
tout au long la querelle et le duel de la veille.

Au Franc Mourier, il apprit que Barthélemy avait loué un cheval pour aller à Saint-Cloud. Il n'en demanda pas plus long ! Toutes ses craintes se dissipèrent. Barthélemy n'était pas allé à Saint-Cloud, où il ne connaissait personne. Si on voulait le trouver, c'était à Dennemont qu'il fallait le chercher.

Il revint au Louvre et rassura le Roi. Mais comme le massacre continuait toujours, et que si Barthélemy revenait à Paris, sa qualité de huguenot le mettrait en grand péril, Frezol fut chargé d'aller lui enjoindre de prolonger son séjour chez Tourette jusqu'à nouvel ordre.

On rebroussa chemin et on revint à l'île. Frezol y passa la journée du lendemain, puis repartit pour Paris, où le Roi de Navarre ne rappela Barthélemy que trois semaines plus tard.

A ce moment, la tuerie avait cessé. La grande ville était redevenue calme. Mais le massacre de la Saint-Barthélemy avait rallumé la guerre civile dans les provinces.

Les huguenots levèrent des troupes et entrèrent en campagne.

Le Roi de Navarre ne marchait pas à leur tête. Il avait dû abjurer et vivait à la Cour, libre en apparence, mais gardé à vue et sachant bien qu'il payerait de sa tête la moindre tentative d'évasion.

Cette évasion, il la préparait cependant, secondé par Frezol et par Barthélemy. Mais il fallait attendre une occasion propice.

Elle ne se présenta que deux ans après la mort de Charles IX et l'avènement de Henri III.

Un jour, pendant une chasse de la Cour dans la forêt de Senlis, le Roi de Navarre pique des deux, prend les grands devants, met pied à terre dès qu'il n'aperçoit plus personne derrière lui et s'enfonce dans un fourré, après avoir affolé par quelques vigoureux coups de cravache son cheval qui continue sa course.

Il s'oriente, chemine un instant sous bois, et arrive dans une clairière où Barthélemy et Frezol l'attendent avec des chevaux frais.

Il saute en selle et part avec ses deux compagnons, pendant qu'on le cherche dans la forêt, où en voyant reparaître son cheval sans cavalier, personne ne doute que le Roi de Navarre se soit grièvement blessé, tué même, peut-être, en vidant les arçons.

Lorsqu'à certains indices on comprend enfin la vérité, Henri a trop d'avance pour qu'on puisse le rejoindre !

Il arrive à Tours, rétracte son abjuration forcée et prend le commandement des calvinistes.

A dater de ce moment, les horizons vont toujours en s'élargissant.

Henri III, après l'avoir combattu, s'allie avec lui contre la Ligue.

A la tête de leurs armées, le Roi de France et le Roi de Navarre marchent sur Paris.

Henri III meurt assassiné par Jacques Clément.

Aux termes de la loi salique, Henri lui succède et devient Henri IV, Roi de France et de Navarre !

CHAPITRE XV

LES événements que nous venons de résumer en quelques mots ont demandé quatorze ans pour s'accomplir. Henri IV et Barthélemy sont maintenant deux hommes dans toute la plénitude de leurs facultés physiques et morales. Frezol a soixante-cinq ans. Ses cheveux et sa barbe ont blanchi, mais il conserve encore sa robuste prestance, et sa lourde épée, dont il fait si bon usage aux jours de bataille, n'a pas encore lassé son bras nerveux. Toujours plein de verve et de gaîté caustique, il porte également dans son cœur, malgré la différence de leurs rangs, le Roi et son écuyer, les deux élèves qu'il se glorifie d'avoir formés. Quant au Coq, il est toujours sarcastique, impertinent, grossier même à l'occasion.

Henri doit conquérir son royaume.

Il vient de battre les ligueurs à Arques. Mais Mayenne vaincu a levé de nouvelles troupes. Il brûle de prendre sa revanche et se dirige sur Ivry, où le Béarnais arrive presque en même temps que lui. Les deux armées viennent de faire une longue marche forcée : elles sont exténuées l'une et l'autre. Par un accord tacite, la bataille est renvoyée au lendemain.

A la tombée du jour, Henri IV, grave, soucieux, parcourt à pied ses
lignes, voulant s'assurer par lui-même que les dispositions qu'il a ordonnées
pour le lendemain ont été prises comme il l'entend. Il vient d'envoyer
Barthélemy à la découverte du côté de Nonancourt. C'est Frezol qui l'accompagne, portant son manteau.

Le Colonel d'un des sept régiments de la cavalerie royale cause avec ses
officiers devant un feu de bivouac. Il reconnaît le Roi, s'approche et s'incline
devant lui.

— Bonsoir, monsieur de Schomberg, dit Henri IV. Vos gens sont las,
n'est-ce pas? Mais après cette nuit de repos, ils feront merveille demain
comme à l'ordinaire, je n'en doute pas!

— Et Votre Majesté a raison, répond Schomberg. Pourtant, à ne lui
rien céler, il y a des mécontents dans les rangs de mes gens d'armes!

— Des mécontents, ventre Saint-Gris! Et pourquoi?

— Sire, la montre (1) ne leur a pas été faite depuis trois mois. Ils sont
désargentés! Plus que désargentés! Gueux comme des rats! Et ce serait un
grand réconfort pour eux, si Votre Majesté daignait ordonner que la solde
arriérée leur fût payée, du moins en partie!

— Monsieur de Schomberg, répond brusquement le Roi, votre requête
est étrange. Elle m'étonne dans votre bouche. Vit-on jamais homme d'honneur
demander de l'argent la veille d'une bataille?

— Sire! s'écrie Schomberg frémissant de colère. De telles paroles...

— Mes paroles sont provoquées par les vôtres! J'en suis pour ce que j'ai
dit! répond durement le Roi en tournant les talons.

Laissant Schomberg exaspéré, il s'éloigne à grands pas, toujours suivi par
Frezol. Entre les bivouacs de Schomberg et ceux du régiment qui campe à sa
droite, règne un espace vide de quatre ou cinq cents mètres. Pendant que le
Roi traverse cet espace, la voix du Coq s'élève, irritée :

— Henriot, mon ami, si tu deviens jamais un grand Roi, je l'irai conter
à Rome! dit cette voix connue. Ta courte cervelle te fait donc penser qu'on

(1) La paye.

prend les mouches avec du vinaigre! Et tu crois sans doute qu'on encourage un Capitaine à bien faire en l'insultant la veille d'une bataille?

— J'ai eu tort!... C'est vrai! répondit tristement Henri. Mais j'ai tant de préoccupations en tête, que souvent je ne pèse pas assez mes paroles. Et puis ce que Schomberg me demande, comment pourrais-je le lui accorder? Je ne suis pas riche, tu le sais bien, Frezol.

— Pardon, Sire! protesta le vieux Reître. Je n'ai rien dit, moi! C'est le Coq...

— Hé bien, mon maître, dis au Coq que je confesse ma faute et que je la réparerai! Dis-lui aussi que j'aime à l'entendre parler, parce qu'il ne donne jamais que bons avis, sages conseils, et que sa voix est toujours d'accord avec celle de ma conscience! Dis-lui tout cela, Frezol, et ajoute que je le vénère autant que je l'aime.

— Non, piques et pertuisanes, je ne lui dirai pas cela! balbutie Frezol d'une voix étranglée. Je ne le lui dirai pas, d'abord parce que je ne veux pas le rendre fier comme un Coq... qu'il est! Et puis ensuite, parce que ça n'est pas vrai!

— Comment, drôle! Tu oses donner un démenti à ton Roi! s'écrie gaiement Henri. Sais-tu que j'ai presque envie de te faire passer par les piques?

— Ça se trouve très bien, Sire! répond Frezol. Nous voici précisément devant un bataillon de Piquiers! Mais en attendant qu'on me transperce par le fer, que Votre Majesté ne se laisse pas transpercer par le froid, et qu'elle mette son manteau. Il commence à faire frisquet.

Le lendemain, à l'aube, l'armée royale a déjà pris ses positions de combat. Henri passe sur le front des troupes, escorté par un nombreux état-major de gentilshommes protestants et catholiques. Frezol et Barthélemy marchent comme à l'ordinaire, immédiatement après lui.

Arrivé devant le régiment de Schomberg, il descend de cheval, ôte son

11

casque sur le cimier duquel ondule un magnifique panache de plumes blanches
de paon, et après l'avoir remis à Frezol :

— Monsieur de Schomberg, dit-il, faites-moi la grâce de vous décasquer
et de venir à moi. J'ai un mot à vous dire.

Profondément surpris, Schomberg obéit. Il met pied à terre et s'approche,
gourmé, raide, fier. Évidemment il garde au fond du cœur l'amer ressentiment
de l'humiliation qu'il a subie la veille.

— Monsieur de Schomberg, dit le Roi d'une voix vibrante, en lui serrant,
la main, hier je vous ai offensé. Aujourd'hui nous allons combattre. Ce jour sera
peut-être le dernier de ma vie! Je ne voudrais pas mourir avec le remords
d'une faute. Je vous fais réparation et excuses! Je connais votre valeur...
Je vous sais brave entre les braves! Embrassons-nous, Schomberg, et par-
donnez-moi!

Il embrasse chaleureusement Schomberg. Celui-ci lui rend l'accolade,
puis, pâle et frémissant :

— Il est vrai, Sire! dit-il. Hier, Votre Majesté me blessa, mais aujour-
d'hui elle me tue! Car l'honneur qu'elle vient de me faire m'oblige de mourir
pour son service!

— C'est pour mon service qu'il faut vivre, au contraire, brave Schomberg!
répond Henri. — Et se tournant vers les Reîtres, enthousiasmés par cette
scène : — Quant à vous, mes maîtres, continue-t-il, je vous dois! C'est vrai.
Faites-moi crédit, je vous en prie! Après la victoire, je vous paierai capital et
intérêts!

Un tonnerre d'acclamations répond à ces paroles. Frezol, électrisé, oublie
que le casque qu'il tient à la main n'est pas le sien et l'agite frénétiquement
en l'air.

Henri remonte à cheval et donne le signal du combat.

Les canons de l'armée royale engagent l'action. Puis les deux cavaleries
s'ébranlent et s'entre-choquent. Les Chevau-Légers royalistes plient sous la
charge d'un escadron de Wallons. Mais cet échec partiel est de peu d'importance. Les Reîtres de la Ligue, violemment canonnés, se rejettent sur les esca-
drons de Lanciers que Mayenne conduit lui-même, et portent la confusion

dans leurs rangs. Ce désordre n'échappe pas au regard d'aigle du Roi. Il charge les Lanciers qui, n'ayant pas le temps de prendre du champ, ne peuvent pas faire usage de leurs lances et seraient taillés en pièces, sans la terrible décharge d'un bataillon de Carabins espagnols qui prend de flanc la cavalerie française. Schomberg précipite alors ses Reitres sur les Espagnols. Les rangs sont rompus. Les deux cavaleries se mêlent : l'action dégénère en une foule de combats partiels, dont on ne peut distinguer les détails au milieu de la fumée des canons et des arquebuses.

Barthélemy et Frezol ont été séparés du Roi : ils voient flotter son panache blanc et s'efforcent de le rejoindre en faisant le coup de pistolet, quand Schomberg paraît, suivi de quelques-uns de ses Reitres auxquels il montre de la pointe de son épée une bannière blanche, semée de fleurs de lys noires, autour de laquelle se dresse un groupe compact de Lansquenets ennemis.

— La cornette de

Mayenne! s'écrie Frezol. Une jolie fleur à cueillir! Y allons-nous, nous aussi?

— Oui, corbleu! répond Barthélemy. En avant, mon maître! En avant!

Ils se joignent à Schomberg. Un combat terrible s'engage. Frezol et Schomberg tiennent la tête, botte à botte. Ils se fraient un sanglant passage parmi les cavaliers ennemis. Le vieux Reître abat d'un formidable revers de son épée un Lansquenet qui s'interpose entre le porte-étendard et lui.

Puis, se dressant sur ses étriers, il allonge le bras et saisit la hampe de la cornette.

— A nous!... A nous!... s'écrie-t-il. France et Nava...

Il n'achève pas son cri triomphal. La balle d'un Carabin espagnol le frappe en plein cœur. Il tombe foudroyé.

Schomberg a saisi la cornette. Il la dispute à trois cavaliers ennemis. Un Argoulet démonté lui tire de bas en haut une arquebusade qui fracasse son crâne.

Barthélemy, fou de désespoir, veut venger coûte que coûte son vieil ami. A corps perdu, il se précipite sur les ligueurs, la tête baissée, la pointe de l'épée en avant! Et comme, à ce moment même, les ligueurs sont culbutés par une charge de cavalerie qu'Henri conduit en personne, c'est à Barthélemy que reste le trophée.

Accablé de douleur, les yeux baignés de larmes, il le présente au Béarnais.

Encore tout enflammé par l'ardeur de la bataille, celui-ci ne remarque pas tout d'abord le bouleversement de son écuyer.

— Ventre Saint-Gris! s'écrie-t-il transporté de joie. La bannière de mon cousin Mayenne! Et c'est toi qui l'as conquise, mon compagnon?

— Non, Sire! Ce n'est pas moi! C'est eux! répond Barthélemy d'une voix brisée, en montrant du geste les cadavres de Frezol et de Schomberg étendus côte à côte.

Un cri de douleur s'échappe de la poitrine du Roi, qui tombe à genoux devant ces restes glorieux.

— Schomberg! Mon Coq! murmure-t-il d'une voix entrecoupée de sanglots. Morts pour moi!... tous deux!... Ah! c'est payer trop cher ma victoire!

ÉPILOGUE

Trois ans après, le 25 juillet 1593, Henri IV abjurait le protestantisme à Saint-Denis. A dater de ce jour, la Ligue était virtuellement détruite. Puissamment secondé par Sully, le Roi négocia avec le comte de Brissac, Gouverneur de Paris pour la Ligue, qui consentit à l'introduire dans la capitale.

Le 22 mars 1594, à quatre heures du matin, il se présenta à la porte Saint-Antoine que Brissac lui livrait.

Comme il s'engageait sur le pont-levis, un coq matinal salua de son chant l'aube naissante.

Le Roi et Barthélemy tressaillirent : leurs yeux se remplirent de larmes.

— Ah ! fit Henri en se penchant vers son écuyer. Que n'est-il là en ce grand jour... mon fier et loyal soldat !... Notre noble ami !... Notre vieux maître !...

La voix du coq monta de nouveau dans les airs, claironnante et triomphale.

— Qui sait, Sire ! murmura Barthélemy en sanglotant. C'est peut-être Lui !

COCORICO TABLE DES MATIÈRES

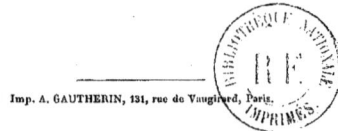

Imp. A. GAUTHERIN, 131, rue de Vaugirard, Paris.

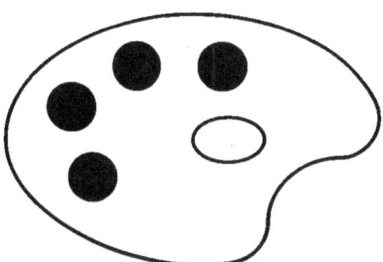

Original en couleur
NF Z 43-120-8

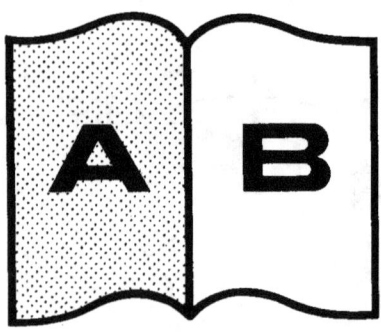

Contraste insuffisant
NF Z 43-120-14

www.ingramcontent.com/pod-product-compliance
Lightning Source LLC
Chambersburg PA
CBHW071105260626
47162CB00006B/2217